Marceline Desbordes-Valmore née à Douai le 20 juin 1786 dans une famille d'artisans, est une des rares femmes poètes dont l'histoire littéraire française ait gardé la mémoire. Elle présente aussi le cas singulier d'un passage du théâtre et du chant à l'écriture poétique. On l'a trop souvent réduite à des plaintes amoureuses et des poèmes pour enfants, en oubliant que son œuvre fait preuve d'une liberté et d'une invention qui ont inspiré Rimbaud et Verlaine.

Son enfance pendant la période révolutionnaire est bouleversée par des drames familiaux. L'évocation du pays natal n'en reste pas moins dans ses poèmes celle d'un paradis toujours regretté. Sa mère, quittant la maison conjugale pour rejoindre son amant, l'emmène avec elle à l'âge de dix ans dans une vie errante, et la fait entrer précocement au théâtre. En 1801, elles s'embarquent pour la Guadeloupe où elles arrivent en pleine rébellion, et où la mère meurt de l'épidémie de fièvre jaune. Ce voyage laisse chez la poète une angoisse obsédante de la perte, l'expérience de l'exil et l'indignation devant l'esclavage.

À son retour en France, elle reprend le métier d'actrice qu'elle exerce pendant près de vingt ans. À Bruxelles, en 1817, elle rencontre au théâtre de la Monnaie Prosper Valmore qu'elle épouse et avec qui elle aura quatre enfants, dont trois vivront. Elle avait auparavant eu deux enfants illégitimes, qui avaient peu vécu. Après avoir publié des romances, elle fait paraître son premier recueil en 1819, un peu avant l'édition des poésies de

Chénier par Latouche et les *Méditations* de Lamartine, dont on date généralement le renouveau de la poésie romantique en France. Elle rencontre Hyacinthe de Latouche qui devient son amant, et dont le souvenir passionné hantera toute son œuvre. Plusieurs éditions modifiées et augmentées de ses poésies (1822, 1825, 1830) vont ensuite asseoir son renom. Des élégies amoureuses, des romances, des fables, des poèmes de l'enfance y font entendre une voix singulière dans la poésie française.

Elle pâtit de son fréquent éloignement de Paris, car le métier d'acteur de son mari impose des installations répétées en province, à Bordeaux, à Rouen, à Lyon, où elle assiste aux insurrections des Canuts – seul poète à laisser de la seconde répression un bouleversant témoignage.

Victime de la désaffection dont souffre à partir des années 1840 la poésie romantique, elle trouve difficilement à faire éditer ses poèmes. Après *Les Pleurs* (1833), *Pauvres Fleurs* (1839), *Bouquets et prières* (1843), elle continue cependant à écrire, malgré une existence assombrie, dans la France du Second Empire, par les soucis matériels et de nombreux deuils (elle perd ses filles en 1846 et 1853). Elle meurt à Paris le 23 juillet 1859. Ses *Poésies inédites* paraissent à titre posthume, l'année suivante, à Genève.

Elle a laissé aussi des romans (*L'Atelier d'un peintre*) et des contes pour enfants. Mais c'est avant tout comme poète que l'ont saluée Baudelaire, Mallarmé, Rilke, Aragon, Bonnefoy.

Marceline Desbordes-Valmore

L'AURORE EN FUITE

Poèmes choisis

Choix notes et préface par Christine Planté

POÉSIE

Éditions Points

ISBN 978-2-7578-1649-3

PREFACE

Marceline Desbordes-Valmore est un des poètes les plus inventifs du premier romantisme français. Si on le sait trop peu, c'est qu'un grand poète qui est une femme a longtemps paru en France une impossibilité.

Bien peu en effet de femmes poètes dont la tradition littéraire française ait gardé la mémoire – encore l'authenticité des écrits de Louise Labé se voit-elle mise en doute aujourd'hui. Marceline Desbordes-Valmore est l'une d'elles, et des plus remarquables. Pourtant, née en 1786 à Douai peu avant la Révolution, morte à Paris en 1859, contemporaine donc de Lamartine et de Baudelaire, elle a vécu dans une période où être poète n'était pas pour les femmes chose facile. Quand elle commence à écrire, au tout début du XIXe siècle, deux vers résument la position qui leur est assignée, ils sont dus à Denis-Ponce Écouchard Lebrun : « Vous voulez ressembler aux Muses:/ Inspirez, mais n'écrivez pas ». Le romantisme va se montrer fidèle à ce principe, faisant la part belle aux femmes – mais comme inspiratrices, muses ou égéries, privées de parole propre. « Cessez donc de chercher, ô belle curieuse !/ Et, bien que votre voix soit douce, taisez-vous ! » dit le poète des *Fleurs du mal*. Et Charles Asselineau, ami de Baudelaire : « En France, constatons-le, la Poésie est un art d'hommes » – à propos d'une femme poète aujourd'hui oubliée, Louisa Siefert. On est en 1869, dix ans après la mort de Marceline Desbordes-Valmore, qui savait bien tout cela : « Les femmes, je le sais, ne doivent pas écrire » (*Une lettre de femme*).

Ce n'est donc pas à un contexte particulièrement

favorable qu'elle doit d'échapper (en partie) à la règle du silence et de l'oubli, et rien ne la prédestine à devenir poète – d'autant qu'à sa condition de femme s'ajoutent d'autres obstacles. Elle présente le cas rare dans l'histoire de la poésie d'un passage de la scène à l'écriture, et elle a joué pendant près de vingt ans au théâtre (Lille, Rouen, l'Opéra-Comique, l'Odéon, Bruxelles, Lyon) avant de publier son premier recueil. Venue d'un milieu populaire d'artisans, dans un temps où la plupart des grands poètes masculins, issus de familles aristocratiques, militaires ou de notables ont reçu une formation classique nourrie d'humanités et de rhétorique, elle n'est pratiquement pas allée à l'école, ayant quitté en compagnie de sa mère la maison familiale à l'âge de dix ans, pour faire peu après ses débuts à la scène.

Aussi l'histoire littéraire, quand elle lui a ménagé une place, a-t-elle eu tôt fait de l'enfermer dans un rôle d'ignorante au grand cœur, de bonne sauvage qui aurait produit une sorte d'art brut de la poésie – un « art sans art », écrit Stefan Zweig –, d'inculte s'exprimant en vers par on ne sait quel miracle. Cette image s'accompagne dans les mémoires de quelques vers. Ceux des poèmes pour enfants, quand *Le Petit écolier* (« Un tout petit enfant s'en allait à l'école… ») et *L'Oreiller d'une petite fille* (« Cher petit oreiller, doux et chaud sous ma tête… ») constituaient des incontournables de la tradition scolaire enfantine. Ceux des poèmes d'amour aussi, des grandes élégies de la première période (« Ma sœur, il est parti ! ma sœur, il m'abandonne !/ Je sais qu'il m'abandonne, et j'attends, et je meurs, ») ou des poèmes de la maturité, comme les *Roses de Saadi* (« J'ai voulu ce matin te rapporter des roses »). Poème suffisamment célèbre pour que le dessinateur Gotlib ait pu dans les années 1970 imaginer d'en faire l'objet sur lequel se déchaîne le personnage de sa *Rubrique à brac*, en le prenant pour exemple caricatural de l'énonciation lyrique dans sa plus grande absurdité. Plus connus encore ont été les vers des romances, avec leur rimes attendues (« De la pensée/ Tout oppressée/ Pour te revoir/ J'attends le soir »), répétés, avec ou sans musique, par des générations tout au long du XIXe siècle, et au-delà. On a fredonné, à la fin du siècle dernier, les *Séparés* (« N'écris pas/ Je suis triste et je voudrais m'éteindre... »), sans forcément savoir que le texte de cette chanson de Julien Clerc était un poème de Marceline Desbordes-Valmore.

Beaucoup de larmes baignent le souvenir ainsi transmis d'une amante délaissée et d'une *mater dolorosa*, qui frappe aussi pourtant par sa dimension de poète populaire, de poète su *par cœur* – au double sens, enfantin et sentimental, de la formule. Dans ce concert de bons sentiments, s'élèvent quelques notations discordantes. Elles viennent d'écrivains et surtout de poètes – car Desbordes-Valmore, à côté de cette transmission populaire, a eu, très tôt, le statut de poète pour les poètes –, notations faisant entendre non le contraire, mais autre chose : « la spontanée a travaillé vingt ans », écrit Barbey d'Aurevilly, et Robert de Montesquiou : « Guère de malignité, presque de rouerie poétique qui n'ait été inventée par cette innocente ». « Poète vainqueur/ Du rythme souple et sûr et de la rime heureuse » pour Verlaine, elle est selon Mallarmé « initiatrice quant aux moyens aussi de dire ».

C'est que pour n'être pas traditionnelle, sa formation poétique a bien existé. Pendant des années, elle a appris, dit, chanté les vers des autres. Ceux d'un répertoire classique, de Racine en particulier dont le souvenir saisit les lecteurs de ses premières élégies. Ceux d'un répertoire plus léger, de Grétry, Dalayrac, Spontini, Collin d'Harleville… dont Claude Roy s'étonnait qu'elle ait pu y survivre, « ayant fait son apprentissage sur un instrument exténué, à partir de formes à bout de souffle. » Il n'a certes pas été donné à beaucoup de poètes de faire leurs débuts en chantant *Julie ou le pot de fleurs*, comédie en un acte mêlée de chants. Mais de cette formation, complétée par la pratique de la romance à laquelle l'époque se livre avec fureur et où elle excelle, elle a su assez vite oublier le « lyrisme définitivement congelé » (Roy) pour garder surtout, avec quelques rimes et images prévisibles, la diversité et la liberté du vers. Ainsi se dégage-t-elle plus vite, et à moindre coût que ses grands contemporains, du carcan de l'alexandrin, osant des suites de vers sans longueur ni ordre préétablis, des vers courts, impairs ou de longueurs contrastées comme on en chante sur la scène et dans les romances. Cinquante ans plus tard, Rimbaud ira, sciemment, chercher une antidote à la « vieillerie poétique » et aux « célébrités de la poésie moderne » aux mêmes sources.

Bien qu'elle ait rencontré à la scène des succès et une critique souvent favorable, elle s'est lassée du théâtre, souffrant des intrigues de coulisses comme de l'exposition des actrices, heureuse d'arrêter de jouer en 1822 pour se consacrer à l'écriture et à ses enfants. De cette formation trouvée sans la chercher, elle a su tirer une force et, surtout, une expérience décisive de la voix. Élève un temps du vieux Grétry, elle a été comme comédienne louée pour le naturel, l'émotion et la justesse de sa diction. Devenue poète, elle va faire de la voix la part la plus caractéristique des êtres chers

– amant, amies, mari, enfants –, et une valeur fondatrice de son univers propre. Ses vers se souviennent de la voix, tendent vers elle, la présupposent, ils sont écrits pour être dits. Dits à quelqu'un, dans tous ces *billet*, *lettre*, *prière* qui font les titres de nombreux poèmes. Mais au-delà, dits aux lecteurs et par eux, appelant la parole et lui répondant. Dans le creuset théâtral se renouvelle ainsi le statut du je lyrique, qui est dans ses poèmes un je, ici, maintenant, ne s'autorisant que de lui-même une fois l'intrigue dramatique disparue. Les premiers poèmes, c'est souvent avant tout un je – non toujours féminin – qui parle à un tu, dans toute la véhémence et l'incohérence émue d'une présence. Cette présence que porte, au théâtre, le corps de l'actrice ou de l'acteur est transférée sans mise en scène et sans mode d'emploi sur la page, entraînant la sensation que quelqu'un est là, qui vous parle, sans médiation, comme la vie même. Sensation si nouvelle et singulière que le critique Émile Montégut, quarante ans après les premières élégies, s'en étonne encore dans la *Revue des deux mondes* : « l'intervalle [entre le sentiment ressenti et le sentiment exprimé] n'existe pas chez elle [...] On a là des larmes qui jaillissent sous le coup de l'émotion immédiate, le premier cri arraché par la blessure ». Illusion bien sûr, – Desbordes-Valmore se soumet à la loi de l'intervalle dont elle sait la nécessité, et ses rares poèmes écrits à vif ne sont pas des poèmes d'amour, mais des poèmes d'indignation politique, ceux en particulier sur la répression des Canuts à Lyon en 1834. Mais illusion dont la force et la persistance disent combien la lecture qu'instaure cet effet de présence fait rupture dans la tradition poétique.

L'importance de la voix, dont la conscience s'est aiguisée au théâtre, vient cependant de plus loin. Elle vient de l'enfance, ne cesse de dire Desbordes-Valmore, la voix *est* l'enfance, et l'enfance est dans la voix, associée à la mère (« Ciel ! où prend donc sa voix une mère qui chante ? », *La Maison de ma mère*), à des *dormeuses* ou berceuses, des fileuses, des contes entendus. Associée aux traditions d'une communauté, qui résonnent dans les poèmes : cri du veilleur de nuit, jours de fêtes, cantiques, proverbes. Jusqu'à quel point réellement entendus, jusqu'à quel point rêvés, réinventés ?... il est difficile de le dire.

Car l'enfance vécue, pour ce que nous en savons – manquent des documents et des informations précises sur bien des points – a été pauvre, marquée de conflits, sombre jusqu'au sordide parfois. Peu après que sa mère, partie avec elle pour rejoindre son amant, a dû mettre sa fille au théâtre pour ne pas mourir de faim, le père, resté à Douai, vend son fils Félix dès que celui-ci a dix-huit ans en remplacement d'un conscrit, et empoche une partie de la somme. La poète n'a jamais cherché à dissimuler son origine modeste ni l'expérience de la pauvreté – fière au contraire de pouvoir dire qu'elle appartient au peuple –, mais jamais elle n'a raconté ces âpres moments, dont on perçoit à peine, allusivement, quelques traces. L'enfance que livrent les poèmes baigne dans l'éternelle lumière d'un éden – éphémère. Son ressouvenir aimante la vie et l'écriture, source d'élan plus encore que de nostalgie : « Oui, partout où je vais une voix me rappelle/ Voix du berceau lointain qui ressaisit le cœur » (*Sol natal*).

Cette communauté chaleureuse et solidaire au sein de laquelle l'enfant a trouvé place (« J'en étais ! », *Le Puits de Notre-Dame à Douai*), accueilli, bercé de récits, d'appels et de chants, peut certes apparaître comme une reconstruction idéalisée. Les contes de la veillée, les cantiques des jours de fêtes ont dû dans la réalité être souvent mêlés de discours révolutionnaires et d'accents de *Marseillaise* (il en reste aussi des souvenirs dans les poèmes, ainsi dans *La Vallée de la Scarpe* où on voit deux enfants grisés de discours partir en quête de la Liberté). Mais cette communauté et ces « banquets rêvés » (*Un ruisseau de la Scarpe*), demeurés vivants dans la mémoire, situés dans une sorte d'ailleurs du temps, fondent le rapport au monde de la poète qui aspire à les retrouver, à les recréer, avec les seuls moyens dont elle dispose, ceux des poèmes.

Constamment réaffirmée, la fidélité aux valeurs d'enfance est tout intérieure. Dans son assez longue vie, Desbordes-Valmore n'est retournée que trois fois, et pour de brefs séjours, dans sa ville natale. Le fréquent manque d'argent, les multiples travaux et les soucis familiaux ne peuvent totalement expliquer cette distance conservée. Elle n'oublie jamais son milieu d'origine malgré ses nombreuses relations dans le monde littéraire et artistique ; elle continue d'écrire à ses sœurs et à son frère devenu, au retour de la guerre, un marginal sans ressources ; elle les soutient comme elle le peut, et vibre à tous les signes qui lui parviennent du pays natal. Mais elle sait, avant Proust, que les vrais paradis sont des paradis perdus, et préserve le sien en ne le revisitant que dans la rêverie et par le langage. Aussi le souvenir de l'enfance dans toute sa plénitude coexiste-t-il chez elle étrangement avec celui de sa perte, aussi aigu, aussi intensément présent.

Le sentiment d'appartenance intériorisée et la fidélité à la voix d'enfance composent chez elle une position du sujet lyrique originale dans le romantisme français. Alors que chez Hugo le moi « se sépare pour parler », selon la belle formule de Pierre Albouy sur

Olympio, et pour que s'affirme le je, Desbordes-Valmore fait entendre un je qui n'existe que d'avoir d'abord été un tu, et d'avoir été inclus dans un nous. Elle parle parce qu'on lui a d'abord parlé, avec et parmi d'autres dont sa parole rappelle, convoque la présence. Sa tâche de poète peut se définir à la fois comme de réponse à la parole première (celle de la mère, mais aussi bien celle de l'oiseau, du ruisseau, de l'amie, du mendiant, du nuage ou de Dieu), de fidélité et de transmission. Cette tâche l'engage dans l'interminable acquittement d'une dette impossible à évaluer, dans un processus infini de réparation d'une enfance tôt arrachée, à travers la réparation des grandes figures qui ont régné sur elle : père, mère, sœurs, frère acquièrent ainsi dans les poèmes une stature divine sans cesser de rester trop humains.

Restitution par la « mémoire sonore » (*Un ruisseau de la Scarpe*), le poème devient don de ce que la poète n'a pas – de ce qu'elle n'a plus – et ressaisissement fugitif, par le seul mouvement du don même. Les *Roses de Saadi*, fable mystique plus qu'effusion amoureuse et sensuelle, ne dit pas autre chose : *prendre* et retenir les roses est un vain projet. Seul demeure, dans l'élan qui porte le je vers le tu et dans le langage, le souvenir d'une présence – insaisissable, comme l'odeur des roses. Les deuils, nombreux (elle a seize ans à la mort de sa mère, elle perd trois enfants en bas-âge, ses deux filles Inès et Ondine meurent à 21 et 32 ans), vont intensifier ce mouvement de retrait et d'élan dans un temps et un lieu intérieurs.

Tendue à travers les cahots et les aléas de son existence vers la ressaisie de l'expérience fondatrice, ou plutôt d'un *état* premier de plénitude et d'ouverture, elle tente de les rejouer dans toutes les grandes relations de sa vie, avec l'amie, l'amant, l'enfant. C'est pourquoi toutes ces relations semblent parfois étrangement se confondre, dans des poèmes où l'aimé a le regard de la mère (*Révélation*), où l'époux est un frère (*Avant toi*), la sœur une mère, l'amie une sœur, où la mère et la fille échangent leurs positions, où amour humain et amour divin se rejoignent dans la parole adressée de la lettre ou de la prière. De cette dernière confusion, des critiques lui ont fait reproche au temps de ses premiers recueils, et elle en est convenue, toujours prête à confesser ses fautes – morales ou poétiques. Sans pour autant s'en corriger, pensant sans doute être quitte grâce à cette humilité affichée, et pouvoir à ce prix s'obstiner dans sa position singulière.

Cette position est-elle féminine ? Elle n'est pas séparable de sa situation de femme, qui fait à la fois sa très grande difficulté et sa force paradoxale. Force de pouvoir jusqu'à un certain point ignorer les règles – ou feindre de les ignorer –, de pouvoir dire tout haut, comme l'enfant, que le roi est nu. (Avant Baudelaire, elle affirme, dans *Jours d'été* : « Oui ! l'enfance est poète. Assise ou turbulente, / Elle reconnaît tout empreint de plus haut lieu »). Force de qui étant « enfermé dehors », dira Virginia Woolf dans *Une chambre à soi*, hors des lieux traditionnels de la culture héritée, se voit dans l'obligation d'inventer. Elle n'y est pas réductible, et ce qui s'invente dans cet écart n'est pas nécessairement et seulement *féminin*, échappe aux catégories, mais certainement pas, miraculeusement, au travail du langage. Personne ne pleure spontanément en alexandrins ou en hendécasyllabes.

Si miracle il y a dans cette œuvre, il réside ailleurs. Et d'abord dans cela qu'après avoir su faire à la voix toute sa place, Desbordes-Valmore a su s'en déprendre, ne pas trop céder à la séduction de ces effets qu'elle a commencé par pratiquer dans ses romances. *Écouteuse* dès l'enfance, il lui a fallu apprendre à faire de l'écoute une composante de l'écriture, à écrire le silence aussi : « Moi, je veux du silence, il y va de ma vie », dit-elle dans un poème tardif, *Le nid solitaire*. Ici encore, elle invite à voir dans la perte une origine, et la condition d'un nouvel essor. Dans une lettre qu'a publiée Sainte-Beuve en 1833, elle raconte sa venue à l'écriture : « À vingt ans des peines profondes m'obligèrent de renoncer au chant, parce que ma voix me faisait pleurer : mais la musique roulait dans ma tête malade, et une mesure toujours égale arrangeait mes idées, à l'insu de ma réflexion. Je fus forcée de les écrire pour me délivrer de ce frappement fiévreux, et l'on me dit que c'était une élégie. » Du strict point de vue des dates et de la vérité biographique, la confidence est inexacte. À vingt ans, une première grossesse illégitime a obligé la jeune actrice à quitter momentanément la scène, – qu'elle retrouve ensuite avec succès. Poétiquement, la fable dit vrai. L'écriture de Desbordes-Valmore, progressivement dégagée des facilités premières – avec leurs réussites –, se transforme en apprenant à intégrer défaillances et limites.

L'intermittence qui fait le titre d'un de ses poèmes les plus célèbres, le *Rêve intermittent d'une nuit triste*, peut résumer sa vie, marquée par de perpétuels séparations et recommencements, comme sa poétique. Inscrite dans des poèmes tardifs sous la forme frappante des distiques, elle s'est forgée d'abord à travers l'usage des strophes et des refrains qui se détachent sur le blanc de la page. Ces formes aux respirations nombreuses coexistent avec de longues suites touffues d'alexandrins, décourageantes au premier regard pour des lecteurs d'aujourd'hui. On y perçoit une intermittence d'un autre ordre, qui fait alterner des fulgurances comme il s'en rencontre peu dans la poésie de l'époque avec des séquences plus prosaïques, moins tendues, permettant cette reprise de souffle avant l'essor que les blancs rendent ailleurs possible. C'est pourquoi les critiques chagrins ou misogynes ont beau jeu de souligner l'inégalité de cette poésie – qui en a fait pour les anthologies une proie de choix. Il est vrai que peu de poèmes, surtout de poèmes longs, sont totalement exempts de banalités ou de gaucheries. Mais moins encore se révèlent dépourvus de ces formules saisissantes, ou d'une sereine étrangeté. Les attaques sont souvent remarquables, ayant en elles la force accumulée d'un discours intérieur au moment de son resurgissement, qui conduit à voir les poèmes comme autant d'affleurements d'une parole continue, poésie ininterrompue sous les intermittences. Inégaux apparaissent aussi les recueils – et le mot est bien à prendre ici dans son sens premier : une quantité de poèmes accumulés se trouve recueillie dans un ensemble qui ne cherche pas à masquer son caractère arbitraire, et qui ne constitue guère une unité de sens, qu'il faut chercher ailleurs, dans le poème, ou dans la vaste et mouvante totalité dont le poème est un fragment.

L'autre miracle est que cette poésie singulière, de fulgurances irréductibles mêlées à des mots tirés du tout venant de la chanson, de la conversation et de la vie, ait dès le début trouvé ses lecteurs. En la saluant dans un article de la *Revue des deux mondes* en 1833, Sainte-Beuve voyait en elle « un poète que nos poétiques n'admettaient pas ». Admise, elle l'a pourtant été, conseillée d'abord par des amis et surtout par

Latouche, entourée très vite d'une certaine notoriété. Elle est dès 1826 dotée d'une pension royale, qu'elle hésite un temps, par sensibilité politique républicaine, à accepter. Quand elle habite à Lyon, la visite à Marceline Desbordes-Valmore constitue pour des artistes une halte sur le chemin de l'Italie. Elle pourrait songer à vivre de ses écrits, mais ses longs séjours en province, mais le temps consacré à ses enfants et les soucis domestiques l'éloignent de la vie littéraire de la capitale. Puis le déclin qui frappe dans les années 1840 de façon générale la poésie romantique, et surtout celle des femmes, l'atteint durement. Pourtant, dans une époque qui ne se prive pas de moquer les bas-bleus, peu d'hostilité déclarée à son égard, et les personnalités les plus diverses lui manifestent leur attachement ou leur respect : Vigny, Lamartine, Sainte-Beuve, Balzac, Michelet... Alors que sa vie d'actrice, ses deux enfants nés avant le mariage, sa relation avec Latouche pourraient aisément prêter à ces procès d'immoralité dont se repaissent alors le journalisme et la satire, on ne relève guère contre elle d'attaques de cette nature. Elle en vient au contraire à incarner un idéal féminin, et ses vers semblent trouver le chemin d'une écoute complice même chez des lecteurs parmi les plus misogynes.

Cette identification au féminin, elle l'a acceptée et en a joué, trouvant sans doute là le moyen de tenir bon plutôt que de s'épuiser dans une opposition frontale aux idées reçues. On aurait tort de voir dans cette attitude un pur conformisme, car elle a couvert bien des écarts tranquilles. Dans sa vie – lorsqu'elle refuse par souci de dignité et de liberté le statut de femme entretenue, si banal chez les actrices, ou quand elle reconnaît dans des vers publiés avoir eu un enfant illégitime – ;

dans ses écrits, quand elle élève la voix, seul poète en son temps à le faire, contre la sanglante répression de l'insurrection des Canuts. Sa plus grande, sa constante audace reste d'écrire, d'écrire de la poésie, avec une liberté formelle qu'elle feint d'imputer à son innocence et son ignorance, en revendiquant une solidarité avec les autres femmes, à qui elle s'adresse comme à des lectrices privilégiées. Mais une telle assomption du féminin, qui lui a valu la sympathie de bien des contemporains, l'a desservie par la suite – en particulier auprès de femmes écartées d'elle par les conventions auxquelles on l'a parfois réduite. Jusqu'à une période récente, – où la critique féministe américaine la réévalue, où la romancière Françoise Mallet-Joris lui consacre un récit biographique en miroir – , sa poésie a été célébrée surtout par des hommes. Réécrite même parfois par des poètes, dans une sorte de jeu d'appropriation et de confusion d'où résulte une voix décalée, inclassable (ainsi, différemment, chez Verlaine, Aragon, Ristat). Du côté des femmes écrivains, c'est au contraire la méfiance : Nathalie Sarraute dans *Enfance* se revoit avec horreur réciter petite en minaudant « L'oreiller d'une petite fille ». Monique Wittig dit à propos de Djuna Barnes sa volonté de retirer au genre féminin « son odeur de couvée », formule sur la poésie de Desbordes-Valmore qu'elle attribue à Baudelaire (Baudelaire parle en fait de *chaleur* de couvée). Liliane Giraudon et Henri Deluy citent cette même formule en présentant leur anthologie de femmes poètes en France depuis 1960. Le féminin, qui a fourni le nom donné d'abord à un écart, à une différence « déroutante » (Montesquiou) pour tenter de les réduire en les identifiant, devient à leurs yeux celui de la conformité à la norme et de la soumission aux clichés.

Et certes, à la norme, Desbordes-Valmore ne s'est pas toujours opposée, en termes idéologiques. Le contraste par exemple entre les discours à son fils et ceux à sa fille Ondine, dans certains des poèmes qu'on lira plus loin, aujourd'hui gêne et irrite, tout comme son éloge de l'humilité. On lui a reproché aussi une certaine incohérence dans ses positions politiques, la voyant capable de vouer une admiration sans réserve à l'empereur, d'entretenir des amitiés royalistes et aristocratiques, et de se proclamer du côté du peuple en vibrant aux moments révolutionnaires. Du moins a-t-elle osé, depuis sa position de femme et de mère, une poésie sociale et des dénonciations politiques comme le romantisme français de cette époque en connaît peu. Devant ces poèmes, Sainte-Beuve évoque Agrippa d'Aubigné, on pense aussi au Hugo de *Châtiments*, et ils interdisent de la réduire à une sentimentalité doloriste. Mais surtout, il y a peu sens à instruire de tels procès. De quel point de vue, de quel droit, exiger lucidité absolue, correction politique ou perfection morale de la poète ? En réclamant d'elle une cohérence et une posture qui conviennent à nos actuelles conceptions d'une femme émancipée comme de la poésie – type d'exigence qu'on n'adresse pas à ses contemporains en termes analogues – on tend à l'enfermer dans un statut d'héroïne ou d'icône et, paradoxalement, on la maintient dans un mode de lecture moral ou affectif, indifférent au travail du langage. Il est temps de la lire en poète. On percevra alors qu'au revers ou au-delà des larmes, une impressionnante énergie, la passion de la vie et du monde sensible, l'aspiration à la liberté portent l'essor de ces poèmes vers l'*infinissable avenir* (« L'âme errante »).

Poésies
1830

JE VOUS ÉCRIS

Je vous écris à l'ombre du mystère
Puisque s'écrire est se parler tout bas ;
Mais je l'avoue, en ce lieu solitaire,
Tout est tranquille et mon cœur ne l'est pas.
Je vous écris.

Je vous écris. Quand l'âme est oppressée,
Le temps s'arrête et n'a plus d'avenir.
Ah ! loin de vous je n'ai qu'une pensée
Et le bonheur n'est plus qu'un souvenir.
Je vous écris.

Je vous écris… M'aimeriez-vous encore ?
Si votre cœur n'est plus tel qu'autrefois,
Faites du moins, faites que je l'ignore ;
S'il est constant, dites-le, je le crois.
Je vous écris.

1813

SON IMAGE

Elle avait fui de mon âme offensée ;
Bien loin de moi je crus l'avoir chassée :
Toute tremblante, un jour, elle arriva,
Sa douce image, et dans mon cœur rentra,
Point n'eus le temps de me mettre en colère ;
Point ne savais ce qu'elle voulait faire ;
Un peu trop tard mon cœur le devina.

Sans prévenir, elle dit : « Me voilà ! »
« Ce cœur m'attend. Par l'Amour, que j'implore,
« Comme autrefois j'y viens régner encore. »
Au nom d'amour ma raison se troubla :
Je voulus fuir, et tout mon corps trembla.
Je bégayai des plaintes au perfide ;
Pour me toucher il prit un air timide ;
Puis à mes pieds en pleurant, il tomba.
J'oubliai tout dès que l'Amour pleura.

(*Élégies, Marie, et romances*, 1819)

LA NUIT D'HIVER

Qui m'appelle à cette heure, et par le temps qu'il fait ?
C'est une douce voix, c'est la voix d'une fille :
Ah ! je te reconnais ; c'est toi, Muse gentille ?
Ton souvenir est un bienfait.
Inespéré retour ! aimable fantaisie !
Après un an d'exil qui t'amène vers moi ?
Je ne t'attendais plus, aimable Poésie ;
Je ne t'attendais plus, mais je rêvais à toi.

Loin du réduit obscur où tu viens de descendre,
L'amitié, le bonheur, la gaieté, tout a fui :
Ô ma Muse ! est-ce toi que j'y devais attendre ?
Il est fait pour les pleurs et voilé par l'ennui.
Ce triste balancier, dans son bruit monotone,
Marque d'un temps perdu l'inutile lenteur ;
Et j'ai cru vivre un siècle, enfin, quand l'heure sonne,
Vide d'espoir et de bonheur.

L'hiver est tout entier dans ma sombre retraite :
Quel temps as-tu daigné choisir ?
Que doucement par toi j'en suis distraite !
Oh ! quand il nous surprend, qu'il est beau le plaisir !
D'un foyer presque éteint la flamme salutaire
Par intervalle encor trompe l'obscurité ;
Si tu veux écouter ma plainte solitaire,
Nous causerons à sa clarté.

Petite Muse, autrefois vive et tendre,
Dont j'ai perdu la trace au temps de mes malheurs,
As-tu quelque secret pour charmer les douleurs ?

Viens ! nul autre que toi n'a daigné me l'apprendre.
Écoute ! nous voilà seules dans l'univers,
Naïvement je vais tout dire :
J'ai rencontré l'Amour, il a brisé ma lyre ;
Jaloux d'un peu de gloire, il a brûlé mes vers.

« Je t'ai chanté, lui dis-je, et ma voix, faible encore,
Dans ses premiers accents parut juste et sonore :
Pourquoi briser ma lyre ? elle essayait ta loi.
Pourquoi brûler mes vers ? je les ai faits pour toi.
Si des jeunes amants tu troubles le délire,
Cruel, tu n'auras plus de fleurs dans ton empire ;
Il en faut à mon âge, et je voulais, un jour,
M'en parer pour te plaire, et te les rendre, Amour.
Déjà je te formais une simple couronne,
Fraîche, douce en parfums. Quand un cœur pur la donne,
Peux-tu la dédaigner ? Je te l'offre à genoux ;
Souris à mon orgueil et n'en sois point jaloux.
Je n'ai jamais senti cet orgueil pour moi-même ;
Mais il dit mon secret, mais il prouve que j'aime.
Eh bien ! fais le partage en généreux vainqueur :
Amour, pour toi la gloire, et pour moi le bonheur.
C'est un bonheur d'aimer, c'en est un de le dire.
Amour, prends ma couronne, et laisse-moi ma lyre ;
Prends mes vœux, prends ma vie ; enfin, prends tout, cruel !
Mais laisse-moi chanter au pied de ton autel. »

Et lui « Non, non ! Ta prière me blesse ;
Dans le silence, obéis à ma loi :
Tes yeux en pleurs, plus éloquents que toi,
Révèleront assez ma force et ta faiblesse. »

Muse, voilà le ton de ce maître si doux.
Je n'osai lui répondre, et je versai des larmes ;
Je sentis ma blessure, et je maudis ses armes.
Pauvre lyre ! je fus muette comme vous !

L'ingrat ! il a puni jusques à mon silence.
        Lassée enfin de sa puissance,
Muse, je te redonne et mes vœux et mes chants.
Viens leur prêter ta grâce, et rends-les plus touchants.
Mais tu pâlis, ma chère ; et le froid t'a saisie !
C'est l'hiver qui t'opprime et ternit tes couleurs.
Je ne puis t'arrêter, charmante Poésie ;
Adieu ! tu reviendras dans la saison des fleurs.

(*Élégies, Marie, et romances*, 1819)

LE SOIR

En vain l'Aurore,
Qui se colore,
Annonce un jour
Fait pour l'Amour ;
De la pensée
Tout oppressée,
Pour te revoir,
J'attends le soir.

L'Aurore, en fuite,
Laisse à sa suite,
Un soleil pur,
Un ciel d'azur :
L'Amour s'éveille ;
Pour lui je veille ;
Et, pour te voir,
J'attends le soir.

Heure charmante,
Soyez moins lente !
Avancez-vous,
Moment si doux !
Une journée
Est une année,
Quand, pour te voir,
J'attends le soir.

Un voile sombre
Ramène l'ombre ;
Un doux repos
Suit les travaux :

Mon sein palpite,
Mon cœur me quitte…
Je vais te voir ;
Voilà le soir.

(*Élégies, Marie, et romances*, 1819)

L'EXILÉ

« Oui, je le sais, voilà des fleurs,
Des vallons, des ruisseaux, des prés et des feuillages ;
Mais une onde plus pure et de plus verts ombrages
Enchantent ma pensée, et me coûtent des pleurs.

« Oui, je le vois, ces frais zéphyrs
Caressent en jouant de naïves bergères ;
Mais d'un zéphyr plus doux les haleines légères
Attirent loin de moi mon âme et mes soupirs.

« Ah ! je le sens, c'est que mon cœur,
Las d'envier ces bois, ces fleurs, cette prairie,
Demande, en gémissant, des fleurs à ma patrie :
Ici rien n'est à moi, si ce n'est ma douleur. »

Triste exilé, voilà ton sort :
La plainte de l'écho m'a révélé ta peine.
Comme un oiseau captif, tu chantes dans ta chaîne ;
Comme un oiseau blessé, j'y joins un cri de mort.

Goûte l'espoir silencieux !
Tu reverras un jour le sol qui te rappelle ;
Mais rien ne doit changer ma douleur éternelle :
Mon exil est le monde… et mon espoir aux cieux.

(*Élégies, Marie, et romances*, 1819)

LE RÉVEIL CRÉOLE

N'a plus pouvoir dormir tout près toi dans cabane,
Sentir l'air parfumé courir sur bouche à toi,
Gagner plaisir qui doux passé mangé banane,
Parfum là semblé feu qui brûler cœur à moi.
Moi vlé z'éveiller toi.

Baï moi baiser si doux, n'oser prend'li moi-même,
Guetter réveil à toi… longtemps trop moi languir.
Tourné côté cœur moi, rend-li bonheur suprême,
Mirez l'Aurore aller qui près toi va pâlir.
Longtemps trop moi languir !

Veni sous bananiers nous va trouvé z'ombrage ;
Petits oiseaux chanter pendant nous fait l'amour.
Soleil est jaloux moi, li caché sous nuage,
Mais trouvé dans yeux toi l'éclat qui passé jour.
Veni faire l'amour.

Non, non, toi plus dormir, partager vive flamme,
Baisers toi semblé miel cueilli sur bouquet fleurs.
Cœur à toi soupirer, veni chercher mon âme ;
Prends-li sur bouche à moi, li courir dans mes pleurs.
Moi mourir sous des fleurs.

(*Élégies, Marie, et romances*, 1819)

LA PRIÈRE PERDUE

Inexplicable cœur, énigme de toi-même,
Tyran de ma raison, de la vertu que j'aime,
Ennemi du repos, amant de la douleur,
Que tu me fais de mal, inexplicable cœur !

Si l'horizon plus clair me permet de sourire,
De mon sort désarmé tu trompes le dessein ;
Dans ma sécurité tu ne vois qu'un délire ;
D'une vague frayeur tu soulèves mon sein.
Si de tes noirs soupçons l'amertume m'oppresse,
Si je veux par la fuite apaiser ton effroi,
Tu demandes du temps, quelques jours, rien ne presse ;
J'hésite, tu gémis, je cède malgré moi.
Que je crains, ô mon cœur, ce tyrannique empire !
Que d'ennuis, que de pleurs il m'a déjà coûté !
    Rappelle-toi ce temps de liberté,
    Ce bien perdu dont ma fierté soupire.
Tu me trahis toujours, et tu me fais pitié.
Crois-moi, rends à l'amour un sentiment trop tendre ;
    Pour ton repos, si tu voulais m'entendre,
Tu n'en aurais encor que trop de la moitié !
Non, dis-tu, non, jamais ! trop faible esclave, écoute,
Écoute ! et ma raison te pardonne et t'absout :
Rends-lui du moins les pleurs ! Tu vas céder sans
  doute ?
Hélas ! non ! toujours non ! Ô mon cœur ! prends donc
  tout.

(*Poésies*, 1820)

LES REGRETS

J'ai tout perdu ! mon enfant par la mort,
Et, dans quel temps ! mon ami par l'absence ;
Je n'ose dire, hélas ! par l'inconstance ;
Ce doute est le seul bien que m'ait laissé le sort.

Mais, cet enfant, cet orgueil de mon âme,
Je ne le devrai plus qu'aux erreurs du sommeil :
De ses beaux yeux j'ai vu mourir la flamme,
Fermés par le repos qui n'a point de réveil.

Comme échappé du ciel, il passa dans le monde ;
D'un ange il y montra la forme et les attraits.
Pour payer ce moment de douceur sans seconde
Mes pleurs doivent couler pour ne tarir jamais !

Tu t'es enfui, doux trésor d'une mère,
Gage adoré de mes tristes amours ;
Tes beaux yeux, en s'ouvrant un jour à la lumière,
Ont condamné les miens à te pleurer toujours.

À mes transports tu venais de sourire ;
Mes bras tremblants entouraient ton berceau ;
Le sommeil me surprit dans cet heureux délire…
Je m'éveillai sur un tombeau.
Moment affreux dont je suis obsédée,
Pour vous tracer je n'ai force ni voix.
Faut-il le perdre, à toute heure, en idée !
Mon Dieu ! pour en mourir c'est assez d'une fois !

C'est ici, sous ces fleurs, qu'il m'attend, qu'il repose ;
C'est ici que mon cœur se consume avec lui.

Amour, plains-tu les maux où ton délire expose ?
Non, tu nous fuis, ingrat, quand le bonheur a fui.

(*Poésies*, 1820)

LA NUIT

Viens ! le jour va s'éteindre… il s'efface, et je pleure.
N'as-tu pas entendu ma voix ? Écoute l'heure ;
C'est ma voix qui te nomme et t'accuse tout bas ;
C'est l'Amour qui t'appelle, et tu ne l'entends pas !
Mon courage se meurt. Toute à ta chère idée,
D'elle, de toi toujours tendrement obsédée,
Pour ton ombre j'ai pris l'ombre d'un voyageur,
Et c'était un vieillard riant de ma rougeur.

Eh quoi ! le jour s'éteint ? n'est-ce pas un nuage,
Un vain semblant du soir, un fugitif orage ?
Que je voudrais le croire ! Hélas ! un si beau jour
Ne devrait pas mourir sans consoler l'Amour.
Viens ! ce voile jaloux ne doit pas te surprendre.
Dans les cieux à son gré laisse-le se répandre ;
Ne va pas comme moi le prendre pour la nuit !
Quand son obscurité m'importune et me nuit,
Si le soleil plus pur allait paraître encore !
Si j'allais avec lui revoir ce que j'adore !
Si je pouvais du moins, en lui livrant ces fleurs,
Me cacher dans son sein, et rougir de mes pleurs !
Il me dirait : « Je viens, j'accours, ma bien-aimée !
« Ce nuage qui fuit t'aurait-il alarmée ?
« La nuit est loin, regarde ! » Et je verrais ses yeux
Rendre la vie aux miens, et la lumière aux cieux.

Non ! le jour est fini. Ce calme inaltérable,
L'oiseau silencieux fatigué de bonheur,
Le chant vague et lointain du jeune moissonneur,
Tout m'invite au repos… tout m'insulte et m'accable.
Un seul et doux objet me plaint dans ce séjour,

Il a subi mon sort : c'est la pâle anémone,
Sous le vent qui l'effeuille, elle tombe ; et ce jour,
Pour nous brûler ensemble, en orna ma couronne.

Mais adieu tout ; adieu, toi qui ne m'entends pas.
Toi qui m'as retenu la moitié de mon être,
Qui n'as pu m'oublier, qui vas venir, peut-être,
Tu trouveras au moins la trace de mes pas,
Si tu viens ! Adieu, bois où l'ombre est si brûlante ;
Nuit plus brûlante encor, nuit sans pavots pour moi,
Tu règnes donc enfin ! Oui, c'est toi, c'est bien toi !
Quand me rendras-tu l'aube ? Oh ! que la nuit est
lente !
Hélas ! si du soleil tu balances le cours,
Tu vas donc ressembler au plus long de mes jours !

L'alouette est rentrée aux sillons ; la cigale
À peine dans les airs jette sa note égale ;
Un souffle éveillerait les échos du vallon,
Et les échos muets me diront pas mon nom.
Et vous, dont la fatigue a suspendu la course,
Vieillard ! ne riez plus ; si mes tristes accents…
Non ! déjà le sommeil appesantit ses sens ;
Il rêve sa jeunesse au doux bruit de la source.
Oh ! que je porte envie à ses songes confus !
Que je le trouve heureux ! Il dort, il n'attend plus.

(*Poésies*, 1822)

ÉLÉGIE

J'étais à toi peut-être avant de t'avoir vu.
Ma vie, en se formant, fut promise à la tienne ;
Ton nom m'en avertit par un trouble imprévu,
Ton âme s'y cachait pour éveiller la mienne.
Je l'entendis un jour et je perdis la voix ;
Je l'écoutai longtemps, j'oubliai de répondre.
Mon être avec le tien venait de se confondre ;
Je crus qu'on m'appelait pour la première fois.
Savais-tu ce prodige ? Eh bien, sans te connaître,
J'ai deviné par lui mon amant et mon maître,
Et je le reconnus dans tes premiers accents,
Quand tu vins éclairer mes beaux jours languissants.
Ta voix me fit pâlir, et mes yeux se baissèrent ;
Dans un regard muet nos âmes s'embrassèrent ;
Au fond de ce regard ton nom se révéla,
Et sans le demander j'avais dit : Le voilà !
Dès lors il ressaisit mon oreille étonnée ;
Elle y devint soumise, elle y fut enchaînée.
J'exprimais par lui seul mes plus doux sentiments ;
Je l'unissais au mien pour signer mes serments.
Je le lisais partout, ce nom rempli de charmes,
Et je versais des larmes :
D'un éloge enchanteur toujours environné,
À mes yeux éblouis il s'offrait couronné.
Je l'écrivais… bientôt je n'osai plus l'écrire,
Et mon timide amour le changeait en sourire.
Il me cherchait la nuit, il berçait mon sommeil ;
Il résonnait encore autour de mon réveil ;
Il errait dans mon souffle, et, lorsque je soupire,
C'est lui qui me caresse et que mon cœur respire.

Nom chéri ! nom charmant ! oracle de mon sort !
Hélas ! que tu me plais, que ta grâce me touche !
Tu m'annonças la vie ; et, mêlé dans la mort,
Comme un dernier baiser tu fermeras ma bouche.

(*Poésies*, 1822)

ÉLÉGIE

Ma sœur, il est parti ! ma sœur, il m'abandonne !
Je sais qu'il m'abandonne, et j'attends, et je meurs,
Je meurs. Embrasse-moi, pleure pour moi…
pardonne…
Je n'ai pas une larme, et j'ai besoin de pleurs.
Tu gémis ? Que je t'aime ! Oh ! jamais le sourire
Ne te rendit plus belle aux plus beaux de nos jours.
Tourne vers moi les yeux, si tu plains mon délire ;
Si tes yeux ont des pleurs, regarde-moi toujours.
Mais retiens tes sanglots ; il m'appelle, il me touche ;
Son souffle en me cherchant vient d'effleurer ma
bouche.
Laisse, tandis qu'il brûle et passe autour de nous,
Laisse-moi reposer mon front sur tes genoux.

Écoute ! ici, ce soir, à moi-même cachée,
Je ne sais quelle force attirait mon ennui :
Ce n'était plus son ombre à mes pas attachée,
Oh ! ma sœur, c'était lui !
C'était lui, mais changé, mais triste. Sa voix tendre
Avait pris des accents inconnus aux mortels,
Plus ravissants, plus purs, comme on croit les entendre
Quand on rêve des cieux aux pieds des saints autels.
Il parlait, et ma vie était près de s'éteindre.
L'étonnement, l'effroi, ce doux effroi du cœur,
M'enchaînait devant lui. Je l'écoutais se plaindre,
Et, mourante pour lui, je plaignais mon vainqueur.
Il parlait, il rendait la nature attentive ;
Tout se taisait. Des vents l'haleine était captive ;
Du rossignol ému le chant semblait mourir ;
On eût dit que l'eau même oubliait de courir.

Hélas ! qu'avait-il fait alors pour me déplaire ?
Il gémissait, me cherchait comme toi.
Non, je n'avais plus de colère,
Il n'était plus coupable, il était devant moi.

Sais-tu ce qu'il m'a dit ? des reproches… des larmes…
Il sait pleurer, ma sœur !
Ô Dieu ! que sur son front la tristesse a de charmes !
Que j'aimais de ses yeux la brûlante douceur !
Sa plainte m'accusait ; le crime… je l'ignore :
J'ai fait pour l'expliquer des efforts superflus.
Ces mots seuls m'ont frappée, il me les crie encore :
« Je ne te verrai plus ! »

Et je l'ai laissé fuir, et ma langue glacée
A murmuré son nom qu'il n'a pas entendu ;
Et sans saisir sa main ma main s'est avancée,
Et mon dernier adieu dans les airs s'est perdu.

(*Poésies*, 1822)

ÉLÉGIE

Peut-être un jour sa voix tendre et voilée
M'appellera sous de jeunes cyprès :
Cachée alors au fond de la vallée,
Plus heureuse que lui, j'entendrai ses regrets.
Lentement, des coteaux je le verrai descendre ;
Quand il croira ses pas et ses vœux superflus,
Il pleurera ! ses pleurs rafraîchiront ma cendre ;
Enchaînée à ses pieds, je ne le fuirai plus.
Je ne le fuirai plus ! je l'entendrai ; mon âme,
Brûlante autour de lui, voudra sécher ses pleurs ;
Et ce timide accent, qui trahissait ma flamme,
Il le reconnaîtra dans le doux bruit des fleurs.
Oh ! qu'il trouve un rosier mourant et solitaire !
Qu'il y cherche mon souffle et l'attire en son sein !
Qu'il dise : « C'est pour moi qu'il a quitté la terre ;
« Ses parfums sont à moi, ce n'est plus un larcin. »
Qu'il dise : « Un jour à peine il a bordé la rive ;
« Son vert tendre égayait le limpide miroir ;
« Et ses feuilles déjà, dans l'onde fugitive,
« Tombent. Faible rosier, tu n'as pas vu le soir ! »
Alors, peut-être, alors l'hirondelle endormie,
À la voix d'un amant qui pleure son amie,
S'échappera du sein des parfums précieux,
Emportant sa prière et ses larmes aux cieux.
Alors, rêvant aux biens que ce monde nous donne,
Il laissera tomber sur le froid monument
Les rameaux affligés dont la gloire environne
Son front triste et charmant.

Alors je resterai seule, mais consolée,
Les vents respecteront l'empreinte de ses pas.
Déjà je voudrais être au fond de la vallée ;
Déjà je l'attendrais… Dieu ! s'il n'y venait pas !

(*Poésies*, 1822)

L'ISOLEMENT

Quoi ! ce n'est plus pour lui, ce n'est plus pour l'attendre,
Que je vois arriver ces jours longs et brûlants ?
Ce n'est plus son amour que je cherche à pas lents ?
Ce n'est plus cette voix si puissante, si tendre,
Qui m'implore dans l'ombre, ou que je crois entendre ?
Ce n'est plus rien ? Où donc est tout ce que j'aimais ?
Que le monde est désert ! n'y laissa-t-il personne ?
Le temps s'arrête et dort : jamais l'heure ne sonne.
Toujours vivre, toujours ! On ne meurt donc jamais ?
Est-ce l'éternité qui pèse sur mon âme ?
Interminable nuit, que tu couvres de flamme !
Comme l'oiseau du soir qu'on n'entend plus gémir,
Auprès des feux éteints que ne puis-je dormir !
Car ce n'est plus pour lui qu'en silence éveillée
La muse qui me plaint, assise sur des fleurs,
M'attire dans les bois, sous l'humide feuillée,
Et répand sur mes vers des parfums et des pleurs.
Il ne lit plus mes chants, il croit mon âme éteinte ;
Jamais son cœur guéri n'a soupçonné ma plainte,
Il n'a pas deviné ce qu'il m'a fait souffrir :
Qu'importe qu'il l'apprenne ? Il ne peut me guérir.
J'épargne à son orgueil la volupté cruelle
De juger dans mes pleurs l'excès de mon amour.
Que devrais-je à mes cris ? Sa frayeur ? son retour ?
Sa pitié ?… C'est la mort que je veux avant elle.
Tout est détruit : lui-même, il n'est plus le bonheur :
Il brisa son image en déchirant mon cœur.

Me rapporterait-il ma douce imprévoyance,
Et le prisme charmant de l'inexpérience ?
L'amour en s'envolant ne me l'a pas rendu :
Ce qu'on donne à l'amour est à jamais perdu.

(*Élégies et poésies nouvelles*, 1825)

SOUVENIR

Quand il pâlit un soir, et que sa voix tremblante
S'éteignit tout à coup dans un mot commencé ;
Quand ses yeux, soulevant leur paupière brûlante,
Me blessèrent d'un mal dont je le crus blessé ;
Quand ses traits plus touchants, éclairés d'une flamme
Qui ne s'éteint jamais,
S'imprimèrent vivants dans le fond de mon âme ;
Il n'aimait pas, j'aimais !

(*Élégies et poésies nouvelles*, 1825)

SOUVENIR

Son image, comme un songe
Partout s'attache à mon sort ;
Dans l'eau pure où je me plonge
Elle me poursuit encor :
Je me livre en vain, tremblante,
À sa mobile fraîcheur,
L'image toujours brûlante
Se sauve au fond de mon cœur.

Pour respirer de ses charmes
Si je regarde les cieux,
Entre le ciel et mes larmes,
Elle voltige à mes yeux,
Plus tendre que le perfide,
Dont le volage désir
Fuit comme le flot limpide
Que ma main n'a pu saisir.

(*Élégies et poésies nouvelles*, 1825)

C'EST MOI

Si ta marche attristée
S'égare au fond d'un bois,
Dans la feuille agitée
Reconnais-tu ma voix ?
Et dans la fontaine argentée,
Crois-tu me voir quand tu te vois ?

Qu'une rose s'effeuille,
En roulant sur tes pas,
Si ta pitié la cueille,
Dis ! ne me plains-tu pas ?
Et de ton sein, qui la recueille,
Mon nom s'exhale-t-il tout bas ?

Qu'un léger bruit t'éveille,
T'annonce-t-il mes vœux ?
Et si la jeune abeille
Passe devant tes yeux,
N'entends-tu rien à ton oreille ?
N'entends-tu pas ce que je veux ?

La feuille frémissante,
L'eau qui parle en courant,
La rose languissante,
Qui te cherche en mourant ;
Prends-y garde, ô ma vie absente !
C'est moi qui t'appelle en pleurant.

(*Élégies et poésies nouvelles*, 1825)

ON ME L'A DIT

Désirer sans espoir,
Regarder sans rien voir,
Se nourrir de ses larmes,
S'en reprocher les charmes,
S'écrier à vingt ans :
« Que j'ai souffert longtemps ! »
Perdre jusqu'à l'envie
De poursuivre la vie :
On me l'a dit un jour,
C'est le vrai mal d'amour.

Dans ses songes secrets,
Revoir les mêmes traits ;
Craindre la ressemblance
Qu'on appelle en silence ;
En frémissant d'aimer,
Apprendre à l'exprimer ;
Pleurer qu'un si doux songe
Soit toujours un mensonge :
On me l'a dit un jour,
C'est le vrai mal d'amour.

S'arracher aux accents,
Que l'on écoute absents ;
Mais, en fuyant l'orage,
Détester son courage ;
Trembler de se guérir,
Le promettre… et mourir ;
Voilà ce qu'on ignore,

Quand on espère encore :
On me l'a dit un jour,
C'est le vrai mal d'amour.

(*Élégies et poésies nouvelles*, 1825)

AMOUR PARTOUT

À Inès

T'es ma fille ! T'es ma poule !
T'es le petit cœur qui roule
Tout à l'entour de mon cœur !
T'es le p'tit Jésus d'ta mère !
Tiens ! gnia pas d'souffrance amère
Que ma fill' n'en soit l'vainqueur.

Gnia pas à dir', faut qu'tu manges.
Quoiqu' tu vienn's d'avec les anges,
Faut manger pour bien grandir.
Mon enfant, j't'aim' tant qu'ça m'lasse ;
C'est comme un' cord' qui m'enlace,
Qu' ça finit par m'étourdir.

Qué qu'ça m'fait si m' manqu' qeuqu'chose,
Quand j'vois ton p'tit nez tout rose,
Tes dents blanch's comm' des jasmins ;
J'prends tes yeux pour mes étoiles,
Et quand j'te sors de tes toiles
J'tiens l'bon Dieu dans mes deux mains.

T'es ma fille ! T'es ma poule !
T'es le petit cœur qui roule
Tout à l'entour de mon cœur !
T'es le p'tit Jésus d'ta mère !
Tiens ! gnia pas d'souffrance amère
Que ma fill' n'en soit l'vainqueur !

LE PRÉSAGE

Oui, je vais le revoir, je le sens, j'en suis sûre !
Mon front brûle et rougit ; un charme est dans mes
    pleurs ;
Je veux parler, j'écoute et j'attends... doux augure !
L'air est chargé d'espoir... il revient... je le jure,
Car le frisson qu'il donne a fait fuir mes couleurs.
Un songe en s'envolant l'a prédit. L'heure même
A pris une autre voix pour m annoncer le jour ;
Et ce ramier dans l'air, ce présage que j'aime,
Me ferait-il trembler s'il venait sans l'Amour ?

De ce tribut toujours je payai sa présence ;
L'Amour, dans sa pitié, me prépare au bonheur :
    Je n'ai plus froid de son absence ;
Tient-il déjà mon cœur enfermé sous son cœur !

Et ce livre qui parle !... Ah ! ne sais-je plus lire ?
Tous les mots confondus disent ensemble « Il vient ! »
Comme un enfant, je pleure et je me sens sourire :
C'est ainsi qu'on espère, Amour, il m'en souvient !
Mais prends garde à ma vie, un instant fais-moi grâce !
La lumière est trop vive en sortant de la nuit ;
    Laisse-moi rêver sur sa trace ;
    Arrête le temps et le bruit.

Saule ému, taisez-vous ! ruisseau, daignez vous taire !
Écoutez, calmez-vous, il ne tardera pas ;
    J'ai senti palpiter la terre,
Comme au temps où mes pas me portaient sur ses pas.

Me voici sur la route, et j'ai fui ma fenêtre ;
Trop de fleurs l'ombrageaient… Quoi ! c'est encor
l'été ?
Quoi ! les champs sont en fleurs ? Le monde est
habité ?
Hier, c'est donc lui seul qui manquait à mon être ?
Hier, pas un rayon n'éclairait mon ennui :
Dieu !… l'été, la lumière et le ciel, c'est donc lui !

Oui, ma vie ! oui, tout rit à deux âmes fidèles :
Tu viens ; l'été, l'amour, le ciel, tout est à moi ;
Et je sens qu'il m'éclôt des ailes
Pour m'élancer vers toi !

Où suis-je ? le sol fuit sous mes pieds ! L'air
m'oppresse !
Ah ! si j'allais mourir sans l'avoir vu… Non, non !
Mais tantôt, affaiblie et pâle de tendresse,
Que me restera-t-il à lui dire ?… Son nom !
Oui, son nom dans ma voix est un secret intime,
Un langage où toujours mon destin parlera ;
C'est mon cri de bonheur, c'est la foi qui m'anime,
C'est ma seule éloquence ; il la reconnaîtra !

Mais quoi ! ces longs tourments ? et puis ce long
silence ?
Et cette nuit de l'âme, et ce froid désespoir ?
Et… l'amour m'éblouit, ma mémoire balance,
Je ne peux plus souffrir… oui ! je vais le revoir !

(*Poésies inédites*, 1830)

LA VALLÉE DE LA SCARPE

Mon beau pays, mon frais berceau,
Air pur de ma verte contrée,
Lieux où mon enfance ignorée
Coulait comme un humble ruisseau !
S'il me reste des jours, m'en irai-je, attendrie,
Errer sur vos chemins qui jettent tant de fleurs ;
Replonger tous mes ans dans une rêverie
Où l'âme n'entend plus que ce seul mot : « Patrie ! »
Et ne répond que par des pleurs ?
Ciel !… un peu de ma vie ira-t-elle, paisible,
Se perdre sur la Scarpe au cristal argenté ?
Cette eau qui m'a portée, innocente et sensible,
Frémira-t-elle un jour sous mon sort agité ?
Entendrai-je au rivage encor cette harmonie,
Ce bruit de l'univers, cette voix infinie,
Qui parlait sur ma tête et chantait à la fois
Comme un peuple lointain répondant à ma voix ?

Quand le dernier rayon d'un jour qui va s'éteindre
Colore l'eau qui tremble et qui porte au sommeil,
Ô mon premier miroir ! Ô mon plus doux soleil !
Je vous vois… et jamais je ne peux vous atteindre !
[…]
Oh ! qui n'a souhaité redevenir enfant !
Dans le fond de mon cœur que je le suis souvent !
Mais comme un jeune oiseau, né sous un beau feuillage,
Fraîchement balancé dans l'arbre paternel,
Supposait à sa vie un printemps éternel,
Et qui voit accourir l'hiver dans un orage,
J'ai vu tomber la feuille, au vert pur et joyeux,

Dont le frémissement plaisait à mon oreille ;
Du même arbre aujourd'hui la fleur n'est plus pareille :
Le temps, déjà le temps a-t-il touché mes yeux ?

[…]

Ce tendre abattement vous saisit-il, mon frère,
Le soir, quand vous passez près du seuil de mon père ?
Croyez-vous voir mon père assis, calme, rêveur ?
Dites-vous à quelqu'un : « Elle était là, ma sœur ! »
Eh bien ! racontez-moi ce qu'on fait dans nos plaines ;
Peignez-moi vos plaisirs, vos jeux, surtout vos peines.
Dans l'église isolée… où tu m'as dit adieu,
Mon frère, donne encore à l'aveugle qui prie :
Dis que c'est pour ta sœur ; dis, pour ta sœur chérie ;
Dis que ta sœur est triste, et qu'il en parle à Dieu !

Et le vieux prisonnier de la haute tourelle
Respire-t-il encore à travers les barreaux ?
Partage-t-il toujours avec la tourterelle
Son pain, qu'avaient déjà partagé ses bourreaux ?
Cette fille de l'air, à la prison vouée,
Dont l'aile palpitante appelait le captif,
Était-ce une âme aimante au malheur envoyée ?
Était-ce l'espérance au vol tendre et furtif ?
Oui ; si les vents du nord chassaient l'oiseau débile,
L'œil perçant du captif le cherchait jusqu'au soir ;
De l'espace désert voyageur immobile,
Il oubliait de vivre ; il attendait l'espoir.
Car toujours jusqu'au terme où nous devons atteindre,
Jusqu'au jour qui n'a plus pour nous de lendemain,
Le flambeau de l'espoir vacille sans s'éteindre,
Comme un rayon qui part d'une immortelle main.

Et lui, voit-il encor la froide sentinelle
Attachée en silence au cercle de ses jours ?
D'une faute expiée est-ce l'ombre éternelle ?
Sur ses rêves troublés veille-t-elle toujours ?
Regarde-t-il encor sous sa demeure sombre
Les fleurs ?… Libre du moins, toi, tu les cueilleras !
Oh ! que j'ai vu souvent ses yeux luire dans l'ombre,
Étonnés qu'un enfant vînt lui tendre les bras !
Il me montrait ses mains l'une à l'autre enchaînées ;
Je les voyais trembler, pâles et décharnées :
Au poids de tant de fer joignait-il un remord ?
Est-il heureux enfin ? est-il libre ? est-il mort ?
Que j'ai pleuré sa vie ! ô Liberté céleste !
Sans toi, mon jeune cœur étouffait dans mon sein ;
Je t'implorais au pied de ce donjon funeste.
Un jour… as-tu, mon frère, oublié ce dessein ?
De la déesse un jour tu me montras l'image :
Ô Dieu ! qu'elle était belle ! arrivais-tu des cieux,
Liberté, pour ouvrir et pour charmer les yeux ?
Dans nos temples d'alors on te rendait hommage,
Partout l'encens, les fleurs, l'or mûri des moissons,
Les danses du jeune âge et les jeunes chansons,
Partout l'étonnement, le doux rire des Grâces,
Partout la foule émue à genoux sur tes traces !

Et je voulais courir, pour le vieux prisonnier,
Te chercher par le monde où l'on t'avait revue ;
Te demander pourquoi, dans nos champs revenue,
À bénir ton retour il était le dernier :
Doux crime d'un enfant ! clémence aventureuse !
Je t'aime, un jour entier tu m'as rendue heureuse !
Toi dont le cœur naïf y prêta du secours,
Mon frère, dans mes vœux reconnais-moi toujours.

[…]
On m'arrêta fuyante ; et, craintive, à ma mère
Je fus à jointes mains conduite vers le soir.
Ô mère ! trop heureuse encor de me revoir,
Sa tremblante leçon ne me fut point amère ;
Car, de mon front coupable en détachant les fleurs,
Pour cacher son sourire elle baisa mes pleurs.

J'oubliai mon voyage, et jamais ta souffrance,
Vieux captif ! et jamais ton doux nom, Liberté !
Et jamais ton pardon de mon cœur regretté,
Ma mère ! et ton beau rêve envolé, belle France !
Et la leçon : « Ma fille, où voulez-vous courir ?
« Votre idole n'est pas où vous pensez l'atteindre.
« Un flambeau vous éclaire, et vous alliez l'éteindre :
« Ce flambeau, c'est ma vie, et je n'ai qu'à mourir,
« Si vous m'abandonnez. Pour vous, chère ingénue,
« Livrée à des regrets que vous ne savez pas,
« Sous le toit déserté, faible et traînant vos pas,
« Trop tard vous seriez revenue.
« Vos yeux à peine ouverts égareront vos jours,
« Enfant, si près de moi vous ne marchez toujours.

« La Liberté, ma fille, est un ange qui vole ;
« Pour l'arrêter longtemps la terre est trop frivole ;
« Trop d'encens lui déplaît, trop de cris lui font peur ;
« Elle étouffe en un temple, et sa puissante haleine,
« Qui cherche les parfums et l'air pur de la plaine,
« Rafraîchit en passant le front du laboureur.
« On dit qu'elle descend rapide, inattendue ;
« Que son aile sur nous repose détendue…
« Hélas ! où donc est-elle ? En vain j'ouvre les yeux ;
« En vain, dit-on : « Voyez ! » Je ne la vois qu'aux
cieux.

« Loin, bien loin des palais, au toit du pauvre même,
« Où l'on travaille en paix, où l'on prie, où l'on aime,
« Où l'indigence obtient une obole et des pleurs,
« La Déesse en silence aime à jeter ses fleurs ;
« Les fleurs tombent sans bruit, et de peur de l'envie,
« On les effeuille à Dieu, qui dit : « Cache ta vie. »
« Ainsi priez, ma fille, et marchez près de moi :
« Un jour tout sera libre, et Dieu seul sera roi. »

(*Poésies inédites*, 1830)

LES SÉPARÉS

N'écris pas. Je suis triste, et je voudrais m'éteindre.
Les beaux étés sans toi, c'est la nuit sans flambeau.
J'ai refermé mes bras qui ne peuvent t'atteindre,
Et frapper à mon cœur, c'est frapper au tombeau.
N'écris pas !

N'écris pas. N'apprenons qu'à mourir à nous-mêmes.
Ne demande qu'à Dieu… qu'à toi, si je t'aimais !
Au fond de ton absence écouter que tu m'aimes,
C'est entendre le ciel sans y monter jamais.
N'écris pas !

N'écris pas. Je te crains ; j'ai peur de ma mémoire ;
Elle a gardé ta voix qui m'appelle souvent.
Ne montre pas l'eau vive à qui ne peut la boire.
Une chère écriture est un portrait vivant.
N'écris pas !

N'écris pas ces doux mots que je n'ose plus lire :
Il semble que ta voix les répand sur mon cœur ;
Que je les vois brûler à travers ton sourire ;
Il semble qu'un baiser les empreint sur mon cœur.
N'écris pas !

Les Pleurs
1833

RÉVÉLATION

[…]
Viens ! J'ai besoin d'entendre et de baiser ta voix.
C'est avec ta voix que je prie,
C'est avec tes yeux que je vois !

Quand l'orgue exhale aux cieux les soupirs de l'église,
Ce qui se passe en moi, viens ! que je te le dise ;
Viens ! Et salut à toi, culte enfant, pur trésor !
Par toi, la neige brûle et la nuit étincelle ;
Par toi, la vie est riche ; elle a chaud sous ton aile ;
Le reste est pour le pauvre, et ce n'est qu'un peu d'or !
Mon Dieu ! qu'il est facile et doux d'être prodigue,
Quand on vit d'avenir, de prière, d'espoir ;
Quand le monde fait peur ; quand la foule fatigue ;
Quand le cœur n'a qu'un cri : – Te voir, te voir, te voir !

Et quand le silence
Adore à son tour,
La foi qui s'élance,
Aux cieux se balance
Et pleure d'amour !

Vivre ! toujours vivre,
D'un feu sans remords !
Nous sauver et suivre
Un Dieu qui se livre
Pour tuer la mort !

Aimer ce que j'aime,
Une éternité,
Et dans ton baptême,

M'abreuver moi-même
D'immortalité ;

Quelle immense voie !
Que d'ans, que de jours !
Viens, que je te voie !
Je tremble de joie ;
Tu vivras toujours !

L'été, le monde ému frémit comme une fête ;
La terre en fleurs palpite et parfume sa tête ;
Les cailloux plus cléments, loin d'offenser nos pas,
Nous font un doux chemin ; on vole, on dit tout bas :
« Voyez ! tout m'obéit, tout m'appartient, tout
m'aime !
« Que j'ai bien fait de naître ! et Dieu, car c'est Dieu
même
« Est-il assez clément de protéger nos jours,
« Sous une image ardente à me suivre toujours ! »

Que de portraits de toi j'ai vus dans les nuages !
Que j'ai dans tes bouquets respiré de présages !
Que de fois j'ai senti par un nœud doux et fort,
Ton âme s'enlacer à l'entour de mon sort !
Quand tu me couronnais d'une seconde vie,
Que de fois sur ton sein je m'en allais ravie,
Et reportée aux champs que mon père habitait,
Quand j'étais blonde et frêle, et que l'on me portait !
Que de fois dans tes yeux j'ai reconnu ma mère !
Oui ! toute femme aimée a sa jeune chimère,
Sois-en sûr ; elle prie, elle chante : et c'est toi
Qui gardais ces tableaux longtemps voilés pour moi.
Oui ! si quelque musique en mon âme cachée,
Frappe sur mon sommeil et m'inspire d'amour,

C'est pour ta douce image à ma vie attachée,
Caressante chaleur sur mon sort épanchée,
Comme sur un mur sombre un sourire du jour !
Mais par un mot changé troubles-tu ma tendresse,
Oh ! de quel paradis tu fais tomber mon cœur !
D'une larme versée au fond de mon ivresse,
Si tu savais le poids, ému de ta rigueur,
Penché sur mon regard qui tremble et qui t'adore,
Comme on baise les pleurs dont l'enfant nous implore,
À ton plus faible enfant, tu viendrais, et tout bas :
« J'ai voulu t'éprouver, grâce ! ne pleure pas ! »

Parle-moi doucement ! sans voix, parle à mon âme ;
Le souffle appelle un souffle, et la flamme une flamme.
Entre deux cœurs charmés il faut peu de discours,
Comme à deux filets d'eau peu de bruit dans leur cours.
Ils vont ! aux vents d'été parfumant leur voyage :
Altérés l'un de l'autre et contents de frémir,
Ce n'est que de bonheur qu'on les entend gémir.
Quand l'hiver les cimente et fixe leur image,
Ils dorment suspendus sous le même pouvoir,
Et si bien emmêlés qu'ils ne font qu'un miroir.

On a si peu de temps à s'aimer sur la terre !
Oh ! qu'il faut se hâter de dépenser son cœur !
Grondé par le remords, prends garde ! il est grondeur,
L'un des deux, mon amour, pleurera solitaire.
Parle-moi doucement, afin que dans la mort
Tu scelles nos adieux d'un baiser sans remord,
Et qu'en entrant aux cieux, toi calme, moi légère,
Nous soyons reconnus pour amants de la terre.
Que si l'ombre d'un mot t'accusait devant moi,

À Dieu, sans le tromper, je réponde pour toi :
« Il m'a beaucoup aimée ! il a bu de mes larmes ;
« Son âme a regardé dans toutes mes douleurs ;
« Il a dit qu'avec moi l'exil aurait des charmes,
« La prison du soleil, la vieillesse des fleurs ! »

Et Dieu nous unira d'éternité ; prends garde !
Fais-moi belle de joie ! et quand je te regarde,
Regarde-moi ; jamais ne rencontre ma main,
Sans la presser : cruel ! on peut mourir demain,
Songe donc ! crains surtout qu'en moi-même
enfermée,
Ne me souvenant plus que je fus trop aimée,
Je ne dise, pauvre âme, oublieuse des cieux,
Pleurant sous mes deux mains et me cachant les yeux :
« Dans tous mes souvenirs je sens couler des larmes ;
Tout ce qui fit ma joie enfermait mes douleurs :
Mes jeunes amitiés sont empreintes des charmes
Et des parfums mourants qui survivent aux fleurs. »

Je dis cela, jalouse ; et je sens ma pensée
Sortir en cris plaintifs de mon âme oppressée.
Quand tu ne réponds pas, j'ai honte à tant d'amour,
Je gronde mes sanglots, je m'évite à mon tour,
Je m'en retourne à Dieu, je lui demande un père,
Je lui montre mon cœur gonflé de ta colère,
Je lui dis, ce qu'il sait, que je suis son enfant,
Que je veux espérer et qu'on me le défend !

Ne me le défends plus ! laisse brûler ma vie.
Si tu sais le doux mal où je suis asservie,
Oh ! ne me dis jamais qu'il faudra se guérir ;
Qu'aimer use le cœur et que tout doit mourir.

Car tu me vois dans l'âme : approche, tu peux lire ;
Voilà notre secret : est-ce mal de le dire ?
Non ! rien ne meurt. Pieux d'amour ou d'amitié,
Vois-tu, d'un cœur de femme il faut avoir pitié !

L'ATTENTE

Quand je ne te vois pas, le temps m'accable, et l'heure
À je ne sais quel poids impossible à porter :
Je sens languir mon cœur, qui cherche à me quitter ;
Et ma tête se penche, et je souffre et je pleure.

Quand ta voix saisissante atteint mon souvenir,
Je tressaille, j'écoute… et j'espère immobile ;
Et l'on dirait que Dieu touche un roseau débile ;
Et moi, tout moi répond : Dieu ! faites-le venir !

Quand sur tes traits charmants j'arrête ma pensée,
Tous mes traits sont empreints de crainte et de bonheur ;
J'ai froid dans mes cheveux ; ma vie est oppressée,
Et ton nom, tout à coup, s'échappe de mon cœur.

Quand c'est toi-même, enfin ! quand j'ai cessé
d'attendre,
Tremblante, je me sauve en te tendant les bras ;
Je n'ose te parler, et j'ai peur de t'entendre ;
Mais tu cherches mon âme, et toi seul l'obtiendras !

Suis-je une sœur tardive à tes vœux accordée ?
Es-tu l'ombre promise à mes timides pas ?
Mais je me sens frémir. Moi, ta sœur ! quelle idée !
Toi, mon frère !… ô terreur ! Dis que tu ne l'es pas !

AMOUR

Trop faibles que nous sommes ;
C'est toujours cet amour qui tourmente les hommes.

André Chénier.

Ce que j'ai dans le cœur, brûlant comme notre âge,
Si j'ose t'en parler, comment le définir ?
Est-ce un miroir ardent frappé de ton image ?
Un portrait palpitant né de ton souvenir ?

Vois ! je crois que c'est toi, même dans ton absence,
Dans le sommeil ; eh quoi ! peut-on veiller toujours ?
Ce bonheur accablant que donne ta présence,
Trop vite épuiserait la flamme de mes jours.

Le même ange peut-être a regardé nos mères ;
Peut-être une seule âme a formé deux enfants.
Oui, la moitié qui manque à tes jours éphémères,
Elle bat dans mon sein où tes traits sont vivants !

Sous ce voile de feu j'emprisonne ta vie :
Là, je t'aime, innocente, et tu n'aimes que moi :
Ah ! si d'un tel repos l'existence est suivie,
Je voudrais mourir jeune, et mourir avec toi !

LES MOTS TRISTES

Quoi ! je mourrai ! Quoi ! le temps à sa suite
Amènera l'irrévocable jour,
Le jour muet et sombre, où sans retour
S'arrêtera ce cœur qui bat si vite !

Madame Amable Tastu.

Souvent toute plongée au fond de ma tendresse,
Expiant, Dieu le veut ! le nom de ta maîtresse,
Je pense que je souffre (aimer tant, c'est souffrir),
Qu'un jour je t'ai vu pâle, et que l'on peut mourir
Jeune, entends-tu ? Je meurs pour mourir la première,
Pour braver avant toi la nuit ou la lumière :
J'entends des mots affreux tinter autour de moi,
Ces mots que dans l'enfance on apprend sans les croire,
Roulant, sans la troubler, au fond de la mémoire,
Inécoutés longtemps, longtemps vides d'effroi,
Tout à coup pleins d'accent, pleins de deuil, pleins de larmes,
Bondissant sur le cœur comme un tocsin d'alarmes !
C'est la cloche effrayée au cri sinistre et prompt,
Dont le pouls bat rapide et fiévreux dans l'espace,
Redoublant son frisson avec la mort qui passe ;
De pâleur et de crainte elle cerne mon front ;
Sous mes cheveux levés une eau froide circule :
Ah ! ne t'étonne pas. J'aime ! je suis crédule ;
Ou plutôt j'ai des yeux qui plongent sous les fleurs ;
Au fond de nos baisers je sens rouler des pleurs.

L'avenir sonne ; arrête ! Oh ! que nous marchons vite !
Qu'une heure a peu de poids sur un cœur qui palpite !

Ne peut-on lentement respirer le bonheur ?
Vivre sans éveiller le temps et le malheur ?
Embrasse-moi : plus près de ta moitié qui tremble,
Laisse passer la vie ; elle nous aime ensemble !
Quand tu m'as dit adieu, je me donne à rêver,
Et les mots qui font peur reviennent me trouver :
Ils disent que l'on meurt en sortant d'une fête,
Et je t'y vois courir, et je cache ma tête,
Et leurs sons plus aigus sifflent entre mes doigts :
« On meurt ! On meurt ! on meurt ! on se quitte une fois ! »
Puis ton nom !… Ah ! ce nom m'éveille, il me rassure,
Ton baiser presse encor mes lèvres, j'en suis sûre !
Et je m'appelle folle en me sentant frémir.
Vois ! qu'un portrait de toi serait doux sous mes larmes :
Et je n'ai que ton nom ! ton nom ! pas d'autres armes.
Si je chantais, ma voix sortirait pour gémir ;
À mon âme qui pense elle reste attachée ;
Dans mes pâles tourments je demeure cachée :
Alors je rêve un monde où dureront toujours
Les caresses du cœur et les libres amours !
Prends mes ailes, viens ! viens où jamais la pensée
N'est un poignard armé contre une âme oppressée.
Songes-y ! plus d'absence, et personne entre nous :
Là, nos trames d'amour n'ont plus de nœuds jaloux ;
Là, jamais un fil noir ne traverse la joie
Des fuseaux toujours pleins d'or ou de pure soie !

[…]
Mais, tiens ! pour remonter, intrépide hirondelle,
Le chemin lumineux qui ramène au soleil,
Pour partir en aveugle, en joie ! à tire-d'aile,

Et ne voir devant soi que l'horizon vermeil,
Il faut mourir enfant ! Il faut, doux somnambule,
S'élançant par la tombe aux jardins sans hivers,
Ne pas se réveiller à la voix des pervers,
Et du sein maternel s'en retourner, crédule,
Comme un doux rossignol sort du fond d'une fleur,
Sans avoir répandu sa voix sur la vallée,
Et va frapper aux cieux pour son hymne exilée
Qui ne veut pas apprendre à chanter la douleur.
Beaux enfants ! tout pétris de baisers ! de prières !
Faibles cygnes tombés des célestes bruyères,
Au duvet encor chaud de la main du Seigneur,
Et qui ne voulez pas ramper vers le malheur,
Vous faites bien ! Restez à l'alphabet d'un ange,
Dont chaque lettre sainte est un signe d'amour ;
Solfège harmonieux où nul accord ne change,
Et dont la clé sonore ouvre un autre séjour !
Mais, quand Dieu nous reprend vos ailes et vos charmes,
Que dit-il de les voir humides de nos larmes ?

Et toi ! viens-tu ? Viens donc ! Car au bruit de tes pas
Ma peur s'envolerait : je ne les entends pas !
J'étends mes mains au jour, et je le trouve sombre ;
Je cherche à m'appuyer comme un enfant dans l'ombre ;
Je lis, ou je crois lire ; et les lugubres mots,
En oracles rangés décrivent deux tombeaux
Qui, retenant sur eux ma frayeur arrêtée,
Sortent en traits de plomb de la page irritée :
Il faut fermer le livre et tomber à genoux ;
Il faut dire : « Mon Dieu ! priez pour lui… pour nous ! »

Et me voilà ! voilà comme tu m'as rendue ;
À deux pas de tes pas, je suis, seule, perdue ;
Je dépends d'un nuage ou du vol d'un oiseau,
Et j'ai semé ma joie au sommet d'un roseau !

LA JALOUSE

Pour la dernière fois, je veux tromper mon cœur,
L'enivrer d'espérance, hélas ! et de mensonges

Charles Nodier.

Sans signer ma tristesse, un jour, au seul que j'aime
J'écrivis en secret : « Elle attend : cherche-la !
Devine qui t'appelle, et réponds : « Me voilà ! »
Et quand il accourut, quand je venais moi-même,
Quand je retins le cri d'un bonheur plein d'effroi,
Il n'a pas dit : « C'est elle ! » il n'a pas dit : « C'est toi ! »

Sans me nommer, craintive en livrant mes alarmes,
J'écrivis : « J'ai pleuré. Je pleure… C'est pour vous !
Que l'amour vous éclaire et demeure entre nous ! »
Et quand il vit mes yeux encor voilés de larmes,
Quand il toucha ma main qui lui rendait ma foi,
Il n'a pas dit : « C'est elle ! » il n'a pas dit : « C'est toi ! »

Sans dire : « C'était moi ! » je m'enfuis, je succombe.
Bientôt je n'aurai plus de secret à cacher :
S'il rêve alors au nom qui courut le chercher,
Il le devinera peut-être sur ma tombe ;
Et soulevant enfin ma vie avec effroi,
Qu'il dise au moins : « C'est elle ! ô pitié ! c'était toi ! »

TRISTESSE

Une fille est née dans la classe du peuple, et malgré le triste avenir qui lui est réservé, sa naissance a été accueillie comme un joyeux événement.

. . . .

Elle est heureuse, car le soleil brille, la pluie tombe, l'arc-en-ciel étend ses couleurs, et les oiseaux chantent pour elle. Son sommeil est profond et doux, ses jeux gais et vifs, son pain délicieux ! Elle ne sait pas le secret d'être mécontente de ce qu'elle possède.

Un auteur anglais.

N'irai-je plus courir dans l'enclos de ma mère ?
N'irai-je plus m'asseoir sur les tombes en fleurs ?
D'où vient que des beaux ans la mémoire est amère ?
D'où vient qu'on aime tant une joie éphémère ?
D'où vient que d'en parler ma voix se fond en pleurs ?

C'est que, pour retourner à ces fraîches prémices,
À ces fruits veloutés qui pendent au berceau,
Prête à se replonger aux limpides calices
De la source fuyante et des vierges délices,
L'âme hésite à troubler la fange du ruisseau.

Quel effroi de ramper au fond de sa mémoire,
D'ensanglanter son cœur aux dards qui l'ont blessé,
De rapprendre un affront que l'on crut effacé,
Que le temps… que le ciel a dit de ne plus croire,
Et qui siffle aux lieux même où la flèche a passé !

Qui n'a senti son front rougir, brûler encore,
Sous le flambeau moqueur d'un amer souvenir ?

Qui n'a pas un écho cruellement sonore,
Jetant par intervalle un nom que l'âme abhorre,
Et la fait s'envoler au fond de l'avenir ?

Vous aussi, ma natale, on vous a bien changée !
Oui ! quand mon cœur remonte à vos gothiques tours,
Qu'il traverse, rêveur, notre absence affligée,
Il ne reconnaît plus la grâce négligée
Qui donnait tant de charme au maternel séjour !

Il voit rire un jardin sur l'étroit cimetière,
Où la lune souvent me prenait à genoux
L'ironie embaumée a remplacé la pierre
Où j'allais, d'une tombe indigente héritière,
Relire ma croyance au dernier rendez-vous.

Tristesse ! après longtemps revenir isolée,
Rapporter de sa vie un compte douloureux,
La renouer malade à quelque mausolée,
Chercher un cœur à soi sous la croix violée.
Et ne plus oser dire : « Il est là ! » c'est affreux !

Mais cet enfant qui joue et qui dort sur la vie,
Qui s'habille de fleurs, qui n'en sent pas l'effroi ;
Ce pauvre enfant heureux que personne n'envie,
Qui, né pour le malheur, l'ignore et s'y confie,
Je le regrette encor, cet enfant ; c'était moi.

Au livre de mon sort si je cherche un sourire,
Dans sa blanche préface, oh ! je l'obtiens toujours
À des mots commencés que je ne peux écrire,
Éclatants d'innocence et charmants à relire,
Parmi les feuillets noirs où s'inscrivent mes jours !

Un bouquet de cerise, une pomme encor verte,
C'étaient là des festins savourés jusqu'au cœur :
À tant de volupté l'âme neuve est ouverte,
Quand l'âpre affliction, de miel encore couverte,
N'a pas trempé nos sens d'une amère saveur !

Parmi les biens perdus dont je soupire encore,
Quel nom portait la fleur… la fleur d'un bleu si beau,
Que je vis poindre au jour, puis frémir, puis éclore,
Puis, que je ne vis plus à la suivante aurore ?
Ne devrait-elle pas renaître à mon tombeau !

Douce église ! sans pompe, et sans culte et sans prêtre,
Où je faisais dans l'air jouer ma faible voix,
Où la ronce montait fière à chaque fenêtre,
Près du Christ mutilé qui m'écoutait peut-être,
N'irai-je plus rêver du ciel comme autrefois ?

Oh ! n'a-t-on pas détruit cette vigne oubliée,
Balançant au vieux mur son fragile réseau ?
Comme l'aile d'un ange, aimante et dépliée,
L'humble pampre embrassait l'église humiliée
De sa pâle verdure où tremblait un oiseau !

L'oiseau chantait, piquait le fruit mûr, et ses ailes
Frappaient l'ogive sombre avec un bruit joyeux ;
Et le soleil couchant dardait ses étincelles
Aux vitraux rallumés de rougeâtres parcelles
Qui me restaient longtemps ardentes dans les yeux.

Notre-Dame* ! aujourd'hui belle et retentissante,
Triste alors, quel secret m'avez-vous dit tout bas ?

* Une église de Douai abandonnée pendant la Révolution. (NdA)

Et quand mon timbre pur remplaçait l'orgue absente,
Pour répondre à l'écho de la nef gémissante,
Mon frêle et doux *Ave,* ne l'écoutiez-vous pas ?

Et ne jamais revoir ce mur où la lumière
Dessinait Dieu visible à ma jeune raison !
Ne plus mettre à ses pieds mon pain et ma prière !
Ne plus suivre mon ombre au bord de la rivière,
Jusqu'au chaume enlierré que j'appelais maison !

Ni le puits solitaire, urne sourde et profonde,
Crédule, où j'allais voir descendre le soleil,
Qui faisait aux enfants un miroir de son onde ;
Elle est tarie... Hélas ! tout se tarit au monde ;
Hélas ! la vie et l'onde ont un destin pareil.

Ne plus passer devant l'école bourdonnante,
Cage en fleurs où couvaient, où fermentaient nos
jours,
Où j'entendis, captive, une voix résonnante
Et chère ! à ma prison m'enlever frissonnante :
Voix de mon père, ô voix ! m'appelez-vous toujours ?

Où libre je pâlis de tendresse éperdue,
Où je crus voir le ciel descendre, et l'humble lieu
S'ouvrir ! Mon père au loin m'avait donc entendue ?
Fière, en tenant sa main, je traversai la rue ;
Il la remplissait toute ; il ressemblait à Dieu !

Albertine ! et là-bas flottait ta jeune tête,
Sous le calvaire en fleurs ; et c'était loin du soir !
Et ma voix bondissante avait dit : est-ce fête ?
Ô joie ! est-ce demain que Dieu passe et s'arrête ?
Et tu m'avais crié : « Tu vas voir ! tu vas voir ! »

Oui ! c'était une fête, une heure parfumée ;
On moissonnait nos fleurs, on les jetait dans l'air ;
Albertine riait sous la pluie embaumée ;
Elle vivait encor ; j'étais encore aimée !
C'est un parfum de rose… il n'atteint pas l'hiver.

Du moins, n'irai-je plus dans l'enclos de ma mère ?
N'irai-je plus m'asseoir sur les tombes en fleurs ?
D'où vient que des beaux ans la mémoire est amère ?
D'où vient qu'on aime tant une joie éphémère ?
D'où vient que d'en parler ma voix se fond en pleurs ?

LE MAL DU PAYS

Ce front facile à se rider, ces joues légèrement creusées, gardaient l'empreinte du sceau dont le malheur marque ses sujets, comme pour leur laisser la consolation de se reconnaître d'un regard fraternel, et de s'unir pour lui résister.

M. de Balzac.

Clémentine adorée, âme céleste et pure,
Qui, parmi les rigueurs d'une injuste maison,
Ne perd point l'innocence en perdant la raison.

Je veux aller mourir aux lieux où je suis née ;
Le tombeau d'Albertine est près de mon berceau ;
Je veux aller trouver son ombre abandonnée ;
Je veux un même lit près du même ruisseau.

Je veux dormir. J'ai soif de sommeil, d'innocence,
D'amour ! d'un long silence écouté sans effroi,
De l'air pur qui soufflait au jour de ma naissance,
Doux pour l'enfant du pauvre et pour l'enfant du roi.

J'ai soif d'un frais oubli, d'une voix qui pardonne.
Qu'on me rende Albertine ! elle avait cette voix
Qu'un souvenir du ciel à quelques femmes donne ;
Elle a béni mon nom… autre part… autrefois !

Autrefois !… qu'il est loin le jour de son baptême !
Nous entrâmes au monde un jour qu'il était beau :
Le sel qui l'ondoya fut dissous sur moi-même,
Et le prêtre pour nous n'alluma qu'un flambeau.

D'où vient-on quand on frappe aux portes de la terre ?
Sans clarté dans la vie, où s'adressent nos pas ?

Inconnus aux mortels qui nous tendent les bras,
Pleurants, comme effrayés d'un sort involontaire.

Où va-t-on quand, lassé d'un chemin sans bonheur,
On tourne vers le ciel un regard chargé d'ombre ?
Quand on ferme sur nous l'autre porte, si sombre !
Et qu'un ami n'a plus que nos traits dans son cœur ?

Ah ! quand je descendrai rapide, palpitante,
L'invisible sentier qu'on ne remonte pas,
Reconnaîtrai-je enfin la seule âme constante
Qui m'aimait imparfaite, et me grondait si bas ?

Te verrai-je, Albertine ! ombre jeune et craintive ;
Jeune, tu t'envolas peureuse des autans :
Dénouant pour mourir ta robe de printemps,
Tu dis : « Semez ces fleurs sur ma cendre captive. »

Oui ! je reconnaîtrai tes traits pâles, charmants !
Miroir de la pitié qui marchait sur tes traces,
Qui pleurait dans ta voix, angélisait tes grâces,
Et qui s'enveloppait dans tes doux vêtements !

Oui, tu ne m'es qu'absente, et la mort n'est qu'un voile,
Albertine ! et tu sais l'autre vie avant moi.
Un jour, j'ai vu ton âme aux feux blancs d'une étoile ;
Elle a baisé mon front, et j'ai dit : C'est donc toi !

Viens encor, viens ! j'ai tant de choses à te dire !
Ce qu'on t'a fait souffrir, je le sais ! j'ai souffert.
Ô ma plus que sœur ! viens : ce que je n'ose écrire,
Viens le voir palpiter dans mon cœur entr'ouvert !

LA SINCÈRE

Ah ! c'est vous que je vois
Enfin ! et cette voix qui parle est votre voix !
Pourquoi le sort mit-il mes jours si loin des vôtres ?
J'ai tant besoin de vous pour oublier les autres !

Victor Hugo.

Veux-tu l'acheter ?
Mon cœur est à vendre.
Veux-tu l'acheter,
Sans nous disputer ?

Dieu l'a fait d'aimant ;
Tu le feras tendre ;
Dieu l'a fait d'aimant
Pour un seul amant !

Moi, j'en fais le prix ;
Veux-tu le connaître ?
Moi, j'en fais le prix ;
N'en sois pas surpris.

As-tu tout le tien ?
Donne ! et sois mon maître.
As-tu tout le tien,
Pour payer le mien ?

S'il n'est plus à toi,
Je n'ai qu'une envie ;
S'il n'est plus à toi,
Tout est dit pour moi.

Le mien glissera,
Fermé dans la vie ;
Le mien glissera,
Et Dieu seul l'aura !

Car, pour nos amours,
La vie est rapide ;
Car, pour nos amours,
Elle a peu de jours.

L'âme doit courir
Comme une eau limpide ;
L'âme doit courir,
Aimer ! et mourir.

À MONSIEUR ALPHONSE DE LAMARTINE

Réjouissez-vous avec ceux qui se réjouissent et pleurez avec ceux qui pleurent.

Imitation de J.-C.

Dieu, dit l'Écriture, entend la fleur s'ouvrir, et il distingue dans les bois le dernier souffle de l'oiseau.

M. H. de Latouche. *Lettre de Carlin.*

Triste et morne sur le rivage
Où l'espoir oublia mes jours,
J'enviais à l'oiseau sauvage
Les cris qu'il pousse dans l'orage
Et que je renferme toujours !

Et quand l'eau s'enfuyait, semée
De tant d'heures, de tant de mois,
Sous ma voile sombre et fermée,
D'une vie autrefois aimée
Je ne traînais plus que le poids !

J'osais, au fond de ma misère,
Rêvant sous mes genoux pliés,
Sans haleine pour ma prière
Murmurer à Dieu : « Dieu, mon père !
Mon père ! vous nous oubliez ! »

« Vous ne donnez repos ni trêve,
Ni calme à notre errant esquif
Tantôt échoué sur la grève,

Tantôt emporté comme un rêve,
Perdu dans l'orage ou captif !

[…]

Je ne sais quelle voix puissante
Retint mon souffle suspendu ;
Voix d'en haut, brise ravissante,
Qui me relevait languissante,
Comme si Dieu m'eût répondu !

Mais pour trop d'espoir affaiblie,
Et voilant mes pleurs sous ma main,
J'ai dit dans ma mélancolie :
« Lorsque tout m'ignore ou m'oublie,
Quel ange est donc sur mon chemin ? »

C'était vous ! J'entendis des ailes
Battre au milieu d'un ciel plus doux ;
Et sur le sentier d'étincelles
Que formaient d'ardentes parcelles,
L'ange qui venait, c'était vous !

Oui, du haut de son vol sublime,
Lamartine jetait mon nom,
Comme d'une invisible cime,
À la barque, au bord de l'abîme,
Le ciel ému jette un rayon !

[…]

Mais dans ces chants que ma mémoire
Et mon cœur s'apprennent tout bas,
Doux à lire, plus doux à croire,

Oh ! n'as-tu pas dit le mot gloire ?
Et ce mot, je ne l'entends pas ;

Car je suis une faible femme ;
Je n ai su qu'aimer et souffrir ;
Ma pauvre lyre, c'est mon âme,
Et toi seul découvres la flamme
D'une lampe qui va mourir.

Devant tes hymnes de poète,
D'ange, hélas ! et d'homme à la fois,
Cette lyre inculte, incomplète,
Longtemps détendue et muette,
Ose à peine prendre une voix.

Je suis l'indigente glaneuse
Qui d'un peu d'épis oubliés
A paré sa gerbe épineuse,
Quand ta charité lumineuse
Verse du blé pur à mes pieds.

Oui ! toi seul auras dit : – Vit-elle ? –
Tant mon nom est mort avant moi !
Et sur ma tombe, l'hirondelle
Frappera seule d'un coup d'aile
L'air harmonieux comme toi !

Mais toi ! dont la gloire est entière
Sous sa belle égide de fleurs,
Poète ! au bord de ta paupière,
Dis vrai, sa puissante lumière
A-t-elle arrêté bien des pleurs ?

L'IMPOSSIBLE

On ne jette point l'ancre dans le fleuve de la vie. Il emporte également celui qui lutte contre son cours et celui qui s'y abandonne.

Bernardin de Saint-Pierre.

Qui me rendra ces jours où la vie a des ailes
Et vole, vole ainsi que l'alouette aux cieux,
Lorsque tant de clarté passe devant ses yeux,
Qu'elle tombe éblouie au fond des fleurs, de celles
Qui parfument son nid, son âme, son sommeil,
Et lustrent son plumage ardé par le soleil !

Ciel ! un de ces fils d'or pour ourdir ma journée,
Un débris de ce prisme aux brillantes couleurs !
Au fond de ces beaux jours et de ces belles fleurs,
Un rêve ! où je sois libre, enfant, à peine née,

Quand l'amour de ma mère était mon avenir,
Quand on ne mourait pas encor dans ma famille,
Quand tout vivait pour moi, vaine petite fille !
Quand vivre était le ciel, ou s'en ressouvenir,

Quand j'aimais sans savoir ce que j'aimais, quand
l'âme
Me palpitait heureuse, et de quoi ? Je ne sais ;
Quand toute la nature était parfum et flamme,
Quand mes deux bras s'ouvraient devant ces jours…
passés.

L'ÉPHÉMÈRE

Je suis trop délicat, trop faible et trop petit,
Pour porter vos fruits mûrs et porter vos corbeilles,
Dépouiller les tilleuls du trésor des abeilles,
Courber de vos moissons la féconde épaisseur ;
Mais je vous enverrai l'Automne c'est ma sœur.

M. H. de Latouche.

Frêle création de la fuyante aurore,
Ouvre-toi comme un prisme au soleil qui le dore ;
Va dire ta naissance au liseron d'un jour ;
Va, tu n'as que le temps de deviner l'amour !

Et c'est mieux, c'est bien mieux que de le trop connaître ;
Mieux de ne pas survivre au jour qui le vit naître.
Happe sa douce amorce, et que ton aile enfant
Joue avec ce flambeau ; rien ne te le défend.
Né dans le feu, ton vol en cercles s'y déploie,
Et sème des anneaux de lumière et de joie.
Le fil de tes hasards est court, mais il est d'or !
Nul regret ne pendra lugubre sur ton sort ;
Nul adieu ne viendra gémir dans l'harmonie
De ton jour de musique et d'ivresse infinie ;
Ce que tu vas aimer durera tes instants ;
Tu ne verras le deuil ni les rides du temps.
Les feuillets de ton sort sont des feuilles de rose
Fiévreuse de soleil et d'encens, quel destin !
Atome délecté dans le miel qui l'arrose,
Sonne ta bienvenue au banquet du matin.

Je t'envie ! et Dieu t'aime, innocent éphémère ;
Tu nais sans déchirer le beau flanc de ta mère ;
Ce penser triste et doux ne te fait point de pleurs :
Il ne t'impose pas comme un remords de vivre.
Tu n'as point à traîner ton cœur lourd comme un livre.
Heureux rien ! ta carrière est au bout de ces fleurs.
Bois ta vie à leur âme, et que ta prompte haleine
Goûte à tous les parfums dont s'abreuve la plaine.
Hâte-toi : si le ciel commence à se couvrir,
Une goutte de pluie inondera tes ailes :
Avant d'avoir vécu, tu ne veux pas mourir.
Toi ! Les fleurs vont au soir : ne tombe qu'après elles :
Bonjour ! bonheur ! adieu ! Trois mots pour ton soleil.
Et pour nous, que de nuits jusqu'au dernier sommeil !
Le long vivre n'apprend que des fables railleuses.
Tristement recueillis sous nos ailes frileuses,
Nous épions l'espoir, qui n'ourdit qu'un regret :
Et l'espoir n'ouvre pas sa belle chrysalide ;
Et c'est un fruit coulé sous son écorce vide ;
Et le vrai, c'est la mort ! – et j'attends son secret.

Oh ! ce sera la vie : oh ! ce sera vous-même,
Rêve, à qui ma prière a tant dit : Je vous aime.
Ce sera, pleur par pleur, et tourment par tourment,
Des âmes en douleurs le chaste enfantement !

Pauvres fleurs
1839

LA MAISON DE MA MÈRE

Maison de la naissance, ô nid, doux coin du monde !
Ô premier univers où nos pas ont tourné !
Chambre ou ciel, dont le cœur garde la mappemonde,
Au fond du temps je vois ton seuil abandonné.
Je m'en irais aveugle et sans guide à ta porte,
Toucher le berceau nu qui daigna me nourrir ;
Si je deviens âgée et faible, qu'on m'y porte !
Je n'y pus vivre enfant ; j'y voudrais bien mourir ;
Marcher dans notre cour où croissait un peu d'herbe,
Où l'oiseau de nos toits descendait boire, et puis,
Pour coucher ses enfants, becquetait l'humble gerbe,
Entre les cailloux bleus que mouillait le grand puits !

De sa fraîcheur lointaine il lave encor mon âme,
Du présent qui me brûle il étanche la flamme,
Ce puits large et dormeur au cristal enfermé,
Où ma mère baignait son enfant bien-aimé :
Lorsqu'elle berçait l'air avec sa voix rêveuse,
Qu'elle était calme et blanche et paisible le soir,
Désaltérant le pauvre assis, comme on croit voir
Aux ruisseaux de la bible une fraîche laveuse :
Elle avait des accents d'harmonieux amour,
Que je buvais du cœur en jouant dans la cour.

Ciel ! où prend donc sa voix une mère qui chante,
Pour aider le sommeil à descendre au berceau ?
Dieu mit-il plus de grâce au souffle d'un ruisseau ?
Est-ce l'Éden rouvert à son hymne touchante,
Laissant sur l'oreiller de l'enfant qui s'endort,
Poindre tous les soleils qui lui cachent la mort ?
Et l'enfant assoupi sous cette âme voilée,

Reconnaît-il les bruits d'une vie écoulée ?
Est-ce un cantique appris à son départ du ciel,
Où l'adieu d'un jeune ange épancha quelque miel ?

[…]

L'ardent soleil de juin qui riait dans la chambre ;
L'âtre dont les clartés illuminaient décembre ;
Les fruits, les blés en fleur, ma fraîche nuit, mon jour,
Ma mère créait tout du fond de son séjour :
C'était ma mère ! ô mère ! ô Christ ! ô crainte ! ô
charmes !
Laissez tremper mon cœur dans vos suaves larmes ;
Laissez ces songes d'or éclairer les vieux murs,
Des pauvres innocents nés dans les coins obscurs ;
Laissez, puisqu'ici-bas nous nous perdons sans elles,
Des mères aux enfants comme aux oiseaux des ailes.
Quand la mienne avait dit : « Vous êtes mon enfant ! »
Le ciel, c'était mon cœur à jour et triomphant !

[…]
C'était… flambeau de ma mémoire,
Ciel rallumé, ne t'éteins pas !
Je veux croire : laisse-moi croire ;
Je veux vivre : laisse-moi boire
La goutte d'eau qui pend là-bas !

Là-bas, quand j'apprenais que l'on souffre, ma mère
Évoquait des enfants la plus belle chimère ;
Puis, sur mon front malade et content de brûler,
Chuchotait ces mots doux, trop doux pour les parler !
Ô vie d'enfant ! ô tremblante lumière,
D'ombre mêlée à ma jeune raison,
Tant que ton aile aveugla ma paupière,

Que tu la tins en riante prison !
Sous ton haleine égale et savoureuse,
Je ne savais regretter ni prévoir :
L'autre âge m'a tant dit que j'étais malheureuse,
Que j'ai fini par le savoir !

Depuis, mes jours rêveurs gardent leur blanc génie ;
Toujours quand j'ai la fièvre il balance mon sort ;
J'enferme sous mon front cet écho d'harmonie ;
J'entends chanter ma mère et je ris à la mort !

Elle se défendait de me faire savante :
« Apprendre, c'est vieillir, disait-elle, et l'enfant
« Se nourrira trop tôt du fruit que Dieu défend,
« Fruit fiévreux à la sève aride et décevante ;
« L'enfant sait tout qui dit à son ange gardien :
« – Donnez-nous aujourd'hui notre pain quotidien !
« C'est assez demander à cette vie amère ;
« Assez de savoir suivre et regarder sa mère,
« Et nous aurons appris pour un long avenir,
« Si nous savons prier, nous soumettre et bénir ! »

Et je ne savais rien à dix ans qu'être heureuse ;
Rien que jeter au ciel ma voix d'oiseau, mes fleurs ;
Rien, durant ma croissance aiguë et douloureuse,
Que plonger dans ses bras mon sommeil ou mes pleurs.
Je n'avais rien appris, rien lu que ma prière,
Quand mon sein se gonfla de chants mystérieux ;
J'écoutais *Notre-Dame* et j'épelais les cieux
Et la vague harmonie inondait ma paupière ;
Les mots seuls y manquaient ; mais je croyais qu'un jour
On m'entendrait aimer pour me répondre : amour !

Et les psaumes de l'oiseau caché dans le feuillage,
Ce qu'il raconte au ciel par le ciel répondu,
Mon âme qu'on croyait indolente ou volage,
    L'a toujours entendu !
[…]

Innocence ! Innocence ! éternité rêvée !
Au bout des temps de pleurs serez-vous retrouvée ?
Êtes-vous ma maison que je ne peux rouvrir ?
Ma mère ! Est-ce la mort ?… je voudrais bien mourir !

UN NOUVEAU-NÉ

à Hippolyte

Bien venu, mon enfant, mon jeune, mon doux hôte !
Depuis une heure au monde : oh ! que je t'attendais !
Que j'achetais ta vie ! hélas ! Est-ce ta faute ?
Oh ! non, ce n'est pas toi qu'en pleurant je grondais.
Toi, ne souffrais-tu pas, même avant que de naître ?
Ne m'as-tu pas aidée enfin à nous connaître ?
Oui, tu souffrais aussi, petite ombre de moi,
Enfant né de ma vie où je reste pour toi !
Du jour, par mes regards, je t'allumai la flamme ;
La nuit, je descendais au fond de ta prison ;
Des mauvais souvenirs te sauvant le poison,
J'aurais voulu te faire un ciel de ma pauvre âme !
J'aurais voulu voir Dieu pour te créer plus beau ;
Pour imbiber ton cœur de sa grâce profonde,
Et pour faire couler un peu de son flambeau
Sur ta raison aveugle à ton entrée au monde !

Ne va pas l'oublier je t'ai parlé de Dieu ;
Je t'ai fait de prière, enfant ! de tendres larmes ;
[...]

Ton berceau, vide encor, peuplait ma solitude ;
Un ange respirait par moi sa nuit, son jour ;
J'y couvais son destin, j'en étais le séjour !...
On ne meurt pas d'orgueil et de sollicitude !

Aussi j'ai cru tomber faible sur mes genoux
Quand on me leva seule et comme trop légère,
Cherchant le poids aimé d'une tête si chère ;

Car si près que tu sois l'air circule entre nous ;
Adieu !... je ne suis plus l'heureuse chrysalide,
Où l'âme de mon âme a palpité neuf mois ;
Mais à ta frêle fleur si j'ai servi d'égide,
Homme un jour, reviens-y t'appuyer quelquefois.
Je suis ta mère : un nœud nous a tenus ensemble ;
C'est l'aimant divisé que l'aimant cherchera ;
La terre ne rompt pas ce que le ciel assemble :
Sous la vie, hors la vie, il nous réunira !
Des femmes me l'ont dit : oui ! la femme étonnée,
Quitte d'un doux fardeau vacille consternée ;
Nous n'osons pas le dire et nous pleurons tout bas :
Que de larmes l'enfant coûte à la mère ! hélas ;
D'hier nous sommes deux ! Le souffle de ta bouche
Se mêle à chaque souffle étranger qui te touche,
Et je pleure et... pardon ! mon jeune bien venu !
Au monde pour moi seule et du monde inconnu !

Dieu d'amour ! Dieu des mères !
Dieu des petits enfants !
Sur nos routes amères,
Où volent les chimères,
Où pleurent les vivants,
Dieu ! qui seul nous défends :

La plante délaissée,
Qui te regarde ici ;
La colombe offensée
Sous son aile blessée,
Et moi qui parle ainsi,
Tu nous aimes aussi !

Ma mère était ta fille,
Et ma mère pleura ;

Mais le sort se dessille ;
Ange de la famille,
Au sort qui l'aimera,
Mon enfant sourira.

Qu'il te doive toujours, sauveur né d'une femme,
Quelque songe d'en haut pour bercer sa jeune âme !

Toi, cher petit dormeur, notre monde te plaît :
Ton âme est toute blanche et n'a bu que du lait !
Depuis si peu d'instants descendu sur la terre,
Tes yeux nagent encor dans un divin mystère ;
Tu revois la maison d'où tu viens, ton beau ciel,
Et ton baiser qui s'ouvre en a gardé du miel !

LA FLEUR D'EAU

Fleur naine et bleue, et triste, où se cache un emblème,
Où l'absence a souvent respiré le mot : J'aime !
Où l'aile d'une fée a laissé ses couleurs,
Toi, qu'on devrait nommer le colibri des fleurs,
Traduis-moi : porte au loin ce que je n'ose écrire ;
Console un malheureux comme eût fait mon sourire :
Enlevée au ruisseau qui délasse mes pas,
Dis à mon cher absent qu'on ne l'oubliera pas !

Dis qu'à son cœur fermé je vois ce qui se passe ;
Dis qu'entre nos douleurs je ne sens pour espace
Que ton voile charmant d'amitié, que toujours
Je puise dans ma foi les vœux que tu lui portes,
Que je les lui dédie avec tes feuilles mortes,
Frêles et seuls parfums répandus sur mes jours ;
Dis qu'à veiller pour lui mon âme se consume,
Qu'elle a froid, qu'elle attend qu'un regard la rallume !

Dis que je veux ainsi me pencher sous mes pleurs,
Ne trouver nulle joie au monde, au jour, aux fleurs ;
Que la source d'amour est scellée en mon âme,
Que je sais bien quelle âme y répondrait encor,
Dont je serais la vie, et qui serait ma flamme ;
Il le sait bien aussi : mais cette âme, elle dort ;
Elle dort dans l'absence où s'effeuille ma vie,
Où tu me dis pourtant que j'en serai suivie,
Et ranimée un jour. Mais qu'il nous faut encor,
Lui, brûler ; moi, languir pour contenter le sort.

Va donc comme un œil d'ange éveiller son courage ;
Dis que je t'ai cueillie à la fin d'un orage ;
Que je t'envoie à lui comme un baiser d'espoir
Et que se joindre ainsi c'est presque se revoir !

AVANT TOI

[…]
Comme le rossignol qui meurt de mélodie,
Souffle sur son enfant sa tendre maladie,
Morte d'aimer, ma mère à son regard d'adieu
Me raconta son âme et me souffla son Dieu :
Triste de me quitter, cette mère charmante,
Me léguant à regret la flamme qui tourmente,
Jeune, à son jeune enfant tendit longtemps sa main,
Comme pour le sauver par le même chemin.
Et je restai longtemps, longtemps sans la comprendre,
Et longtemps à pleurer son secret sans l'apprendre ;
À pleurer de sa mort le mystère inconnu,
Le portant tout scellé dans mon cœur ingénu ;
Ce cœur signé d'amour comme sa tendre proie,
Où pas un chant mortel n'éveillait une joie.
On eût dit à sentir ses faibles battements,
Une montre cachée où s'arrêtait le temps ;
On eût dit qu'à plaisir il se retînt de vivre ;
Comme un enfant dormeur qui n'ouvre pas son livre,
Je ne voulais rien lire à mon sort ; j'attendais,
Et tous les jours levés sur moi, je les perdais.
Par ma ceinture noire à la terre arrêtée,
Ma mère était partie et tout m'avait quittée :
Le monde était trop grand, trop défait, trop désert ;
Une voix seule éteinte en changeait le concert :
Je voulais me sauver de ses dures contraintes,
J'avais peur de ses lois, de ses morts, de ses craintes,
Et ne sachant où fuir ses échos durs et froids,
Je me prenais tout haut à chanter mes effrois !

Mais quand tu dis : « *Je viens !* » quelle cloche de fête,
Fit bondir le sommeil attardé sur ma tête ;
Quelle rapide étreinte attacha notre sort,
Pour entre-ailer nos jours d'un fraternel essor !
Ma vie, elle avait froid, s'alluma dans la tienne,
Et ma vie a brillé, comme on voit au soleil,
Se dresser une fleur sans que rien la soutienne ;
Rien qu'un baiser de l'air ; rien qu'un rayon vermeil,
Un rayon curieux, altéré de mystère,
Cherchant sa fleur d'exil attachée à la terre ;
Et si tu descendis de si haut pour me voir,
C'est que je t'attendais à genoux, mon espoir !
Sans dignité ?… que si ! mais fervente et pieuse.
À l'heure qui tombait lente, religieuse,
Comme on écoute Dieu, moi, j'écoutai l'amour,
Et tes yeux pleins d'éclairs m'ouvrirent trop de jour !
Aussi, dès qu'en entier ton âme m'eut saisie,
Tu fus ma piété ! mon ciel ! ma poésie !
Aussi, sans te parler, je te nomme souvent,
Mon frère devant Dieu ! mon âme ! ou mon enfant !
Tu ne sauras jamais comme je sais moi-même,
À quelle profondeur je t'atteins et je t'aime :
Tu serais par la mort arraché de mes vœux,
Que pour te ressaisir mon âme aurait des yeux,
Des lueurs, des accents, des larmes, des prières,
Qui forceraient la mort à rouvrir tes paupières.
Je sais de quels frissons ta mère a dû frémir,
Sur tes sommeils d'enfant ; moi, je t'ai vu dormir :
Tous ses effrois charmants ont tremblé dans mon âme ;
Tu dis vrai, tu dis vrai ; je ne suis qu'une femme ;
Je ne sais qu'inventer pour te faire un bonheur ;
Une surprise à voir s'émerveiller ton cœur !

Toi, ne sois pas jaloux. Quand tu me vois penchée,
Quand tu me vois me taire, et te craindre et souffrir,
C'est que l'amour m'accable. Oh ! si j'en dois mourir,
Attends : je veux savoir si, quand tu m'as cherchée,
Tu t'es dit : « Voici l'âme où j'attache mon sort
Et que j' épouserai dans la vie ou la mort ».
Oh ! je veux le savoir. Oh ! l'as-tu dit ?… pardonne.
On est étrange, on veut échanger ce qu'on donne :
Ainsi, pour m'acquitter de ton regard à toi,
Je voudrais être un monde et te dire : prends-moi !
Née avant toi… Douleur ! tu le verrais peut-être,
Si je vivais trop tard. Ne le fais point paraître ;
Ne dis pas que l'amour sait compter ; trompe-moi ;
Je m'en ressouviendrai pour mourir avant toi !

DORMEUSE

Si l'enfant sommeille,
Il verra l'abeille,
Quand elle aura fait son miel,
Danser entre terre et ciel.

Si l'enfant repose,
Un ange tout rose,
Que la nuit seule on peut voir,
Viendra lui dire : « Bonsoir ! »

Si l'enfant est sage,
Sur son doux visage
La Vierge se penchera,
Et longtemps lui parlera.

Si mon enfant m'aime,
Dieu dira lui-même :
« J'aime cet enfant qui fort ;
Qu'on lui porte un rêve d'or !

« Fermez ses paupières,
Et sur ses prières,
De mes jardins pleins de fleurs,
Faites glisser les couleurs.

« Ourlez-lui des langes
Avec vos doigts d'anges,
Et laissez sur son chevet
Pleuvoir votre blanc duvet.

« Mettez-lui des ailes,
Comme aux tourterelles,
Pour venir dans mon soleil
Danser jusqu'à son réveil !

« Qu'il fasse un voyage
Aux bras d'un nuage,
Et laissez-le, s'il lui plaît,
Boire à mes ruisseaux de lait !

« Donnez-lui la chambre
De perles et d'ambre,
Et qu'il partage en dormant,
Nos gâteaux de diamants !

« Brodez-lui des voiles
Avec mes étoiles,
Pour qu'il navigue en bateau
Sur mon lac d'azur et d'eau !

« Que la lune éclaire
L'eau pour lui plus claire,
Et qu'il prenne au lac changeant
Mes plus fins poissons d'argent !

« Mais je veux qu'il dorme
Et qu'il se conforme
Au silence des oiseaux
Dans leurs maisons de roseaux !

« Car si l'enfant pleure,
On entendra l'heure
Tinter partout qu'un enfant
A fait ce que Dieu défend !

« L’écho de la rue
Au bruit accourue,
Quand l’heure aura soupiré,
Dira : « L’enfant a pleuré ! »

« Et sa tendre mère,
Dans sa nuit amère,
Pour son ingrat nourrisson
Ne saura plus de chanson !

« S’il brame, s’il crie,
Par l’aube en furie
Ce cher petit agneau révolté
Sera *peut-être* emporté !

« Un si petit être,
Par le toit, *peut-être*,
Tout en criant, s’en ira,
Et jamais ne reviendra !

« Qu’il rôde en ce monde,
Sans qu’on lui réponde !
Jamais l’enfant que je dis,
Ne verra mon paradis !

« Oui ! mais s’il est sage,
Sur son doux visage
La Vierge se penchera,
Et longtemps lui parlera. »

RÊVE D'UNE FEMME

Veux-tu recommencer la vie ?
Femme, dont le front va pâlir,
Veux-tu l'enfance, encor suivie
D'anges enfants pour l'embellir ?
Veux-tu les baisers de ta mère
Échauffant tes jours au berceau ?
– « Quoi ? mon doux Eden éphémère ?
Oh ! oui, mon Dieu ! c'était si beau ! »

Sous la paternelle puissance
Veux-tu reprendre un calme essor ?
Et dans des parfums d'innocence
Laisser épanouir ton sort ?
Veux-tu remonter le bel âge,
L'aile au vent comme un jeune oiseau ?
– « Pourvu qu'il dure davantage,
Oh ! oui, mon Dieu ! c'était si beau ! »

Veux-tu rapprendre l'ignorance
Dans un livre à peine entr'ouvert :
Veux-tu ta plus vierge espérance,
Oublieuse aussi de l'hiver :
Tes frais chemins et tes colombes,
Les veux-tu jeunes comme toi ?
– « Si mes chemins n'ont plus de tombes,
Oh ! oui, mon Dieu ! rendez-les moi ! »

Reprends-donc de ta destinée,
L'encens, la musique, les fleurs !
Et reviens, d'année en année,
Au temps qui change tout en pleurs ;

Va retrouver l'amour, le même !
Lampe orageuse, allume-toi !
« – Retourner au monde où l'on aime…
Ô mon Sauveur ! éteignez-moi ! »

À MONSIEUR A. L.

Vous demandez pourquoi je suis triste : à quels yeux
Voyez vous aujourd'hui le sourire fidèle ?
Quand la foudre a croisé le vol de l'hirondelle,
Elle a peur et s'enferme avec ses tendres œufs.

Jugez s'ils sont éclos ! jugez si son haleine
Passe dans le duvet dont se recouvre à peine,
Leur petite âme nue et leur gosier chanteur,
Pressé d'aller aux cieux saluer leur auteur !

Et quand le plomb mortel fait trembler chaque feuille,
Et les nids et l'orchestre et les hymnes d'un bois ;
Jugez comme l'oiseau dont l'instinct se recueille,
Retient avec effort ses ailes et sa voix !

Enfin, si dans son arbre on voit bouger sa tête,
Si pour ne pas mourir il chante encor son cœur,
Poète ! étonnez-vous que l'humaine tempête,
Ait trempé tout ce chant d'une étrange douleur !

Sous quelques rameaux verts, jardins de ma fenêtre,
Ma seule terre à moi qui m'ait donné des fleurs,
Rêveuse aux doux parfums qu'avril faisait renaître,
J'ai vu d'un noir tableau se broyer les couleurs :

Quand le sang inondait cette ville éperdue,
Quand la tombe et le plomb balayant chaque rue,
Excitaient les sanglots des tocsins effrayés,
Quand le rouge incendie aux longs bras déployés,
Étreignait dans ses nœuds les enfants et les pères,
Refoulés sous leurs toits par les feux militaires,

J'étais là ! quand brisant les caveaux ébranlés,
Pressant d'un pied cruel les combles écroulés,
La mort disciplinée et savante au carnage,
Étouffait lâchement le vieillard, le jeune âge,
Et la mère en douleurs près d'un vierge berceau,
Dont les flancs refermés se changeaient en tombeau,
J'étais là : j'écoutais mourir la ville en flammes ;
J'assistais vive et morte au départ de ces âmes,
Que le plomb déchirait et séparait des corps,
Fête affreuse où tintaient de funèbres accords :
Les clochers haletants, les tambours et les balles ;
Les derniers cris du sang répandu sur les dalles ;
C'était hideux à voir : et toutefois mes yeux
Se collaient à la vitre et cherchaient par les cieux,
Si quelque âme visible en quittant sa demeure,
Planait sanglante encor sur ce monde qui pleure ;
J'écoutais si mon nom, vibrant dans quelque adieu,
N'excitait point ma vie à se sauver vers Dieu :
Mais le nid qui pleurait ! mais le soldat farouche,
Ilote, outrepassant son horrible devoir,
Tuant jusqu'à l'enfant qui regardait sans voir,
Et rougissant le lait encor chaud dans sa bouche…
Oh ! devinez pourquoi dans ces jours étouffants,
J'ai retenu mon vol aux cris de mes enfants :
Devinez ! devinez dans cette horreur suprême,
Pourquoi, libre de fuir sous le brûlant baptême,
Mon âme qui pliait dans mon corps à genoux,
Brava toutes ces morts qu'on inventait pour nous !

Savez-vous que c'est grand tout un peuple qui crie !
Savez-vous que c'est triste une ville meurtrie,
Appelant de ses sœurs la lointaine pitié,
Et cousant au linceul sa livide moitié,
Écrasée au galop de la guerre civile !

pop
pol.

Savez-vous que c'est froid le linceul d'une ville !
Et qu'en nous revoyant debout sur quelques seuils
Nous n'avions plus d'accents pour lamenter nos deuils !

Écoutez, toutefois, le gracieux prodige,
Qui me parla de Dieu dans l'inhumain vertige ;
Écoutez ce qui reste en moi d'un chant perdu,
Succédant d'heure en heure au canon suspendu :
Lorsqu'après de longs bruits un lugubre silence,
Offrant de Pompéï la morne ressemblance,
Immobilisait l'âme aux bonds irrésolus,
Quand Lyon semblait morte et ne respirait plus ;

Je ne sais à quel arbre, à quel mur solitaire,
Un rossignol caché, libre entre ciel et terre,
Prenant cette stupeur pour le calme d'un bois,
Exhalait sur la mort son innocente voix !

Je l'entendis sept jours au fond de ma prière ;
Seul *requiem* chanté sur le grand cimetière :
Puis, la bombe troua le mur mélodieux,
Et l'hymne épouvantée alla finir aux cieux !

Depuis, j'ai renfermé comme en leur chrysalide,
Mes ailes, qu'au départ il faut étendre encor,
Et l'oreille inclinée à votre hymne limpide,
Je laisse aller mon âme en ce plaintif accord.

Lyon, 1834.

DANS LA RUE

par un jour funèbre de Lyon

La femme

Nous n'avons plus d'argent pour enterrer nos morts.
Le prêtre est là, marquant le prix des funérailles ;
Et les corps étendus, troués par les mitrailles,
Attendent un linceul, une croix, un remords.

Le meurtre se fait roi. Le vainqueur siffle et passe.
Où va-t-il ? Au Trésor, toucher le prix du sang.
Il en a bien versé… mais sa main n'est pas lasse ;
Elle a, sans le combattre, égorgé le passant.

Dieu l'a vu. Dieu cueillait comme des fleurs froissées
Les femmes, les enfants qui s'envolaient aux cieux.
Les hommes… les voilà dans le sang jusqu'aux yeux.
L'air n'a pu balayer tant d'âmes courroucées.

Elles ne veulent pas quitter leurs membres morts.
Le prêtre est là, marquant le prix des funérailles ;
Et les corps étendus, troués par les mitrailles,
Attendent un linceul, une croix, un remords.

Les vivants n'osent plus se hasarder à vivre.
Sentinelle soldée, au milieu du chemin,
La mort est un soldat qui vise et qui délivre
Le témoin révolté qui parlerait demain…

Des femmes

Prenons nos rubans noirs, pleurons toutes nos larmes ;
On nous a défendu d'emporter nos meurtris.
Ils n'ont fait qu'un monceau de leurs pâles débris :
Dieu ! bénissez-les tous ; ils étaient tous sans armes !

CANTIQUE DES MÈRES

Reine pieuse aux flancs de mère,
Écoutez la supplique amère
Des veuves aux rares deniers
Dont les fils sont vos prisonniers :
Si vous voulez que Dieu vous aime
Et pardonne au geôlier lui-même,
Priez d'un salutaire effroi
Pour tous les prisonniers du roi !

On dit que l'on a vu des larmes
Dans vos regards doux et sans armes ;
Que Dieu fasse tomber ces pleurs,
Sur un front gros de nos malheurs.
Soulagez la terre en démence ;
Faites-y couler la clémence ;
Et priez d'un céleste effroi
Pour tous les prisonniers du roi !

Car ce sont vos enfants, madame,
Adoptés au fond de votre âme,
Quand ils se sont, libres encor,
Rangés sous votre rameau d'or ;
Rappelez aux royales haines
Ce qu'ils font un jour de leurs chaînes ;
Et priez d'un ardent effroi
Pour tous les prisonniers du roi !

Ne sentez-vous pas vos entrailles
Frémir des fraîches funérailles
Dont nos pavés portent le deuil ?
Il est déjà grand le cercueil !

Personne n'a tué vos filles ;
Rendez-nous d'entières familles :
Priez d'un maternel effroi
Pour tous les prisonniers du roi !

Comme Esther s'est agenouillée
Et saintement humiliée
Entre le peuple et le bourreau,
Rappelez le glaive au fourreau ;
Vos soldats vont la tête basse,
Le sang est lourd, la haine lasse :
Priez d'un courageux effroi
Pour tous les prisonniers du roi !

Ne souffrez pas que vos bocages
Se changent en de lugubres cages ;
Tout travail d'homme est incomplet ;
C'est en vain qu'on tend le filet,
Devant ceux qui gardent leurs ailes.
Pour qu'un jour les vôtres soient belles,
Priez d'un angélique effroi
Pour tous les prisonniers du roi !

Madame ! les geôles sont pleines ;
L'air y manque pour tant d'haleines ;
Nos enfants n'en sortent que morts !
Où commence donc le remords ?
S'il est plus beau que l'innocence,
Qu'il soit en aide à la puissance,
Et priez d'un ardent effroi
Pour tous les prisonniers du roi !

C'est la faim, croyez en nos larmes,
Qui, fiévreuse, aiguisa leurs armes.

Vous ne comprenez pas la faim :
Elle tue, on s'insurge enfin !
Ô vous ! dont le lait coule encore,
Notre sein tari vous implore :
Priez d'un charitable effroi
Pour tous les prisonniers du roi !

Voyez comme la Providence
Confond l'oppressive imprudence ;
Comme elle ouvre avec ses flambeaux,
Les bastilles et les tombeaux ;
La liberté, c'est son haleine
Qui d'un rocher fait une plaine :
Priez d'un prophétique effroi
Pour tous les prisonniers du roi !

Quand nos cris rallument la guerre,
Cœur sans pitié n'en trouve guère ;
L'homme qui n'a rien pardonné,
Se voit par l'homme abandonné ;
De noms sanglants, dans l'autre vie,
Sa terreur s'en va poursuivie ;
Priez d'un innocent effroi
Pour tous les prisonniers du roi !

Reine ! qui dites vos prières,
Femme ! dont les chastes paupières
Savent lire au livre de Dieu ;
Par les maux qu'il lit en ce lieu,
Par la croix qui saigne et pardonne,
Par le haut pouvoir qu'il vous donne :
Reine ! priez d'un humble effroi
Pour tous les prisonniers du roi !

Avant la couronne qui change,
Dieu grava sur votre front d'ange,
Comme un impérissable don :
« Amour ! amour ! pardon ! pardon ! »
Colombe envoyée à l'orage,
Soufflez ces mots dans leur courage :
Et priez de tout notre effroi,
Pour tous les prisonniers du roi.

Redoublez vos divins exemples,
Madame ! le plus beau des temples,
C'est le cœur du peuple ; entrez-y !
Le roi des rois l'a bien choisi.
Vous ! qu'on aimait comme sa mère,
Pesez notre supplique amère,
Et priez d'un sublime effroi
Pour tous les prisonniers du roi !

Lyon, 1834.

SOL NATAL

À monsieur Henry B…

Il sera fait ainsi qu'Henry me le demande,
Dans sa tristesse écrite à sa sœur la Flamande.

Il lui sera donné cette part de mon cœur,
Où la pensée intime est toute retirée,
Toute grave, et contente, et de bruit délivrée,
Pour s'y réfugier comme en un coin rêveur
[…]
N'est-il pas de ces jours où l'on ne sait que croire ;
Où tout se lève amer au fond de la mémoire ;
Où tout fait remonter les limons amassés,
Sous la surface unie où nos ans sont passés ?

Mémoire ! étang profond couvert de fleurs légères ;
Lac aux poissons dormeurs tapis dans les fougères,
Quand la pitié du temps, quand son pied calme et sûr,
Enfoncent le passé dans ton flot teint d'azur,
Mémoire ! au moindre éclair, au moindre goût d'orage,
Tu montres tes secrets, tes débris, tes naufrages,
Et sur ton voile ouvert les souffles les plus frais,
Ne font longtemps trembler que larmes et cyprès !
Lui ! s'il a de ces jours qui font pencher la vie,
Dont la mienne est partout devancée ou suivie,
S'il achète si cher le secret des couleurs,
Qui le proclament peintre et font jaillir les pleurs ;
Si tu caches déjà ses lambeaux d'espérance,
L'illusion trahie et morte de souffrance,
Qu'il ne soulève plus que la pâleur au front,
Dans ton flot le plus sombre engloutis cet affront :

Qu'il vienne alors frapper à mon cœur solitaire,
Où l'écho du pays n'a jamais pu se taire ;
Qu'il y laisse tomber un mot du sol natal,
Pareil à l'eau du ciel sur une herbe flétrie,
Qui dans l'œil presque mort ranime la patrie,
Et mon cœur bondira comme un vivant métal !
Sur ma veille déjà son âme s'est penchée,
Et de cette âme en fleur les ailes m'ont touchée,
Et dans son jeune livre où l'on entend son cœur,
J'ai vu qu'il me disait : « Je vous parle, ma sœur ! »

Là, comme on voit dans l'eau, d'ombre et de ciel couverte,
Frissonner les vallons et les arbres mouvants,
Qui dansent avec elle au rire frais des vents,
J'ai regardé passer de notre Flandre verte,
Les doux tableaux d'église aux montantes odeurs,
Et de nos hauts remparts les calmes profondeurs ;
Car le livre est limpide et j'y suis descendue,
Comme dans une fête où j'étais attendue,
Où toutes les clartés du maternel séjour,
Ont inondé mes yeux, tant la page est à jour !
Puis, sur nos toits en fleurs j'ai revu nos colombes,
Transfuges envolés d'un paradis perdu,
Redemandant leur ciel dans un pleur assidu ;
Puis, les petits enfants qui sautent sur les tombes,
Aux lugubres arpents bordés d'humbles maisons,
D'où l'on entend bruire et germer les moissons ;
Ils vont, les beaux enfants ! dans ces clos sans concierge,
Ainsi que d'arbre en arbre un doux fil de la vierge,
Va, dans les jours d'été s'allongeant au soleil,
Ils vont, comme attachant la vie à ce sommeil,

Que le bruit ne rompt pas, frère ! où l'oreille éteinte,
N'entend plus ni l'enfant ni la cloche qui tinte ;
Où j'allais, comme vont ces âmes sans remord,
Respirer en jouant les parfums de la mort ;
Sans penser que jamais père, mère, famille,
La blonde sœur d'école, ange ! ou fluide fille,
Feraient un jour hausser la terre tout en croix,
Et deviendraient ces monts immobiles et froids !
Ah ! j'ai peur de crier, quand je m'entends moi-même,
Parler ainsi des morts qui me manquent ! que j'aime !
Que je veux ! que j'atteins avec mon souvenir,
Pour regarder en eux ce qu'il faut devenir !

Quand ma mémoire monte où j'ai peine à la suivre,
On dirait que je vis en attendant de vivre ;
Je crois toujours tomber hors des bras paternels
Et ne sais où nouer mes liens éternels !

Jugez si ce fut doux pour ma vie isolée,
Au chaume de ma mère en tout temps rappelée,
Par cet instinct fervent qui demande toujours,
Frère ! un peu d'air natal ! frère ! un peu de ces jours,
De ces accents lointains qui désaltèrent l'âme,
Dont votre livre en pleurs vient d'humecter la flamme ;
Jugez si ce fut doux d'y respirer enfin,
Ces natives senteurs dont l'âme a toujours faim !
D'y trouver une voix qui chante avec des larmes,
Comme toutes les voix dont j'ai perdu les charmes !
Vous ! loin de nos ruisseaux, si frais au moissonneur,
Avez-vous jamais bu votre soif de bonheur ?
Moi, jamais. Moi, toujours j'ai langui dans ma joie :
Oui ! toujours quand la fête avait saisi ma main,
La musique en pleurant jouait : « Demain ! demain ! »
Et mon pied ralenti se perdait dans sa voie.

Comme un rêve passager,
Partout où terre m'emporte,
Je ne trouve pas ma porte
Et frappe au seuil étranger :

Pour la faible voyageuse,
Oh ! qu'il fait triste ici-bas !
Oh ! que d'argile fangeuse,
Y fait chanceler ses pas !
Mais son âme est plus sensible,
Plus prompte, plus accessible
Au gémissement humain ;
Et pauvre sur cette route,
Où personne ne l'écoute,
Au pauvre elle étend sa main !
Et des feuilles qui gémissent,
En se détachant des bois,
Et des sources qui frémissent,
Elle comprend mieux les voix :
Ce mystérieux bréviaire,
Lui raconte une prière
Qui monte de toutes parts ;
Plainte que la terre pousse
Depuis la rampante mousse,
Jusqu'aux chênes des remparts !

C'est alors qu'elle donne une voix à ses larmes,
Puisant dans ses regrets d'inépuisables charmes ;
C'est alors qu'elle écoute et qu'elle entend son nom,
Sortir d'un cœur qui s'ouvre et qui ne dit plus : Non !
Elle chante : un grillon dans l'immense harmonie,
Jette un cri dont s'émeut la sagesse infinie ;

Puis, montant à genoux la cime de son sort
Elle s'en va chanter, souffrir, aimer encor !

[…]

Lyon, 1836

QU'EN AVEZ-VOUS FAIT ?

Vous aviez mon cœur,
Moi, j'avais le vôtre :
Un cœur pour un cœur ;
Bonheur pour bonheur !

Le vôtre est rendu ;
Je n'en ai plus d'autre ;
Le vôtre est rendu,
Le mien est perdu !

La feuille et la fleur
Et le fruit lui-même,
La feuille et la fleur,
L'encens, la couleur :

Qu'en avez-vous fait,
Mon maître suprême ?
Qu'en avez-vous fait,
De ce doux bienfait ?

Comme un pauvre enfant
Quitté par sa mère,
Comme un pauvre enfant
Que rien ne défend :

Vous me laissez là
Dans ma vie amère ;
Vous me laissez là,
Et Dieu voit cela !

Savez-vous qu'un jour,
L'homme est seul au monde ?
Savez-vous qu'un jour
Il revoit l'Amour ?

Vous appellerez,
Sans qu'on vous réponde ;
Vous appellerez,
Et vous songerez !…

Vous viendrez rêvant
Sonner à ma porte ;
Ami comme avant,
Vous viendrez rêvant.

Et l'on vous dira :
« Personne !… elle est morte. »
On vous le dira :
Mais qui vous plaindra ?

UN BILLET DE FEMME

Puisque c'est toi qui veut nouer encore
Notre lien,
Puisque c'est toi dont le regret m'implore,
Écoute bien :
Les longs serments, rêves trempés de charmes,
Écrits et lus,
Comme Dieu veut qu'ils soient payés de larmes,
N'en écris plus !

Puisque la plaine après l'ombre ou l'orage,
Rit au soleil,
Séchons nos yeux et reprenons courage,
Le front vermeil.
Ta voix, c'est vrai ! se lève encor chérie,
Sur mon chemin ;
Mais ne dis plus : à toujours ! je t'en prie ;
Dis : à demain !

Nos jours lointains glissés purs et suaves,
Nos jours en fleurs ;
Nos jours blessés dans l'anneau des esclaves,
Pesants de pleurs ;
De ces tableaux dont la raison soupire,
Ôtons nos yeux,
Comme l'enfant qui s'oublie et respire,
La vue aux cieux !

Si c'est ainsi qu'une seconde vie
Peut se rouvrir,
Pour s'écouler sous une autre asservie,
Sans trop souffrir,

Pour ce billet, parole de mon âme,
Qui va vers toi,
Ce soir, où veille et te rêve une femme,
Viens ! et prends-moi !

AU CHRIST

Que je vous crains ! que je vous aime !
Que mon cœur est triste et navré !
Seigneur ! suis-je un peu de vous-même
Tombé de votre diadème :
Ou suis-je un pauvre ange égaré ?

Du sable où coulèrent vos larmes
Mon âme jaillit-elle un jour ?
Tout ce que j'aime a-t-il des armes,
Pour me faire trouver des charmes
Dans la mort, que but votre amour ?

Seigneur ! parlez-moi, je vous prie !
Je suis seule sans votre voix ;
Oiseau sans ailes, sans patrie,
Sur la terre dure et flétrie,
Je marche et je tombe à la fois !

Fleur d'orage et de pleurs mouillée,
Exhalant sa mourante odeur,
Au pied de la croix effeuillée,
Seigneur, ma vie agenouillée
Veut monter à votre grandeur !

Voyez : je suis comme une feuille
Qui roule et tourbillonne au vent ;
Un rêve las qui se recueille ;
Un lin desséché que l'on cueille
Et que l'on déchire souvent.

Sans savoir, d'indolence extrême,
Si l'on a marché sur mon cœur,
Brisé par une main qu'on aime,
Seigneur ! un cheveu de nous-même,
Est si vivant à la douleur !

Au chemin déjà solitaire,
Où deux êtres unis marchaient,
Les voilà séparés… mystère !
On a jeté bien de la terre
Entre deux cœurs qui se cherchaient !

Ils ne savent plus se comprendre ;
Qu'ils parlent haut, qu'ils parlent bas,
L'écho de leur voix n'est plus tendre ;
Seigneur ! on sait donc mieux s'entendre,
Alors qu'on ne se parle pas ?

L'un, dans les sillons de la plaine,
Suit son veuvage douloureux ;
L'autre, de toute son haleine,
De son jour, de son aile pleine,
Monte ! monte ! et se croit heureux !

Voyez : à deux pas de ma vie,
Sa vie est étrangère à moi,
Pauvre ombre qu'il a tant suivie,
Tant aimée et tant asservie !
Qui mis tant de foi dans sa foi !

Moi, sous l'austère mélodie
Dont vous m'envoyez la rumeur,
Mon âme soupire agrandie,

Mon corps se fond en maladie
Et mon souffle altéré se meurt.

Comme l'enfant qu'un rien ramène,
L'enfant dont le cœur est à jour,
Faites-moi plier sous ma chaîne ;
Et désapprenez-moi la haine,
Plus triste encore que l'amour !

Une fois dans la nuit profonde
J'ai vu passer votre lueur :
Comme alors, enfermée au monde,
Pour parler à qui me réponde,
Laissez-moi vous voir dans mon cœur !

Rendez-moi, Jésus que j'adore,
Un songe où je m'abandonnais :
Dans nos champs que la faim dévore,
J'expiais… j'attendais encore ;
Mais, j'étais riche et je donnais !

Je donnais et, surprise sainte,
On ne raillait plus ma pitié ;
Des bras du pauvre j'étais ceinte,
Et l'on ne mêlait plus l'absinthe
Aux larmes de mon amitié !…

Je donnais la vie au coupable,
Et le temps à son repentir !
Je rachetais à l'insolvable ;
Et pour payer l'irréparable,
J'offrais l'amour seul et martyr.

Bouquets et prières

1843

Courez, ma plume, courez : vous savez bien qui vous l'ordonne.

Je prie un génie indulgent de répandre sur votre travail le charme mystérieux de la fiction, afin que nul ne sache la source de vos efforts et de la fièvre qui vous conduit : On se détourne des sources tristes. Que mon âme soit ouverte seulement au regard du Créateur. Laissez-la seule dans ses nuits d'insomnie : elle ne raconte pas la cause de ses débats avec la terre. Dieu sait qu'à cette sainte cause est suspendu l'espoir de rentrer un jour dans son ciel, comme un enfant dans la maison de son père. L'enfant prodigue a souffert avant de voir la porte maternelle se rouvrir devant lui : sans ses larmes amères y serait-il jamais revenu ?

Courez donc, ma plume, courez : vous savez bien qui vous l'ordonne.

Je vous livre mes heures afin qu'elles laissent, par vous, une faible trace de leur passage dans cette vie. Quand elles traverseront la foule, sur les ailes de mon affliction, si l'on crie : « Elles n'ont pas d'haleine », dites que le grillon caché dans les blés forme une musique faible aussi ; mais qui n'est pas sans grâce au milieu du tumulte pompeux des merveilles de la nature ; répondez pour moi ce que Dieu a répondu pour le grillon :

« Laissez chanter mon grillon ; c'est moi qui l'ai mis où il chante. Ne lui contestez pas son imperceptible part de l'immense moisson que mon soleil jaunit et fait mûrir pour tous. »

Courez donc, ma plume, courez, vous savez bien qui vous l'ordonne.

L'austère inconstant, le Sort, qui m'a dit : *Assez*, quand je lui demandais ma part des biens de l'existence ; le Sort qui m'a dit : *Non !* quand je levais mes yeux pleins de prières pour obtenir encore un de ses sourires, a laissé pourtant tomber dans ma consternation, un bien dont l'apparence était de peu de valeur, mais qui deviendrait une palme de salut, si quelque fil de la Vierge l'enveloppait de divine pudeur : c'est vous, ma plume, détachée du vol d'un pauvre oiseau blessé comme mon âme, peut-être ; c'est vous, que personne ne m'apprit à conduire ; c'est vous, que sans savoir tailler encore, j'ai fait errer sous ma pensée avec tant d'hésitation et de découragement ; c'est vous, tant de fois échappée à mes doigts ignorants, vous qui, par degrés plus rapide, trouvez parfois, à ma propre surprise, quelques paroles moins indignes des maîtres, qui vous ont d'abord regardée en pitié.

Ainsi, courez, ma plume, courez : vous savez bien qui vous l'ordonne.

Vous ne blesserez pas ; vous ne bégayerez pas un mot de haine, quand ce serait pour repousser l'injure : il vaudrait mieux tomber en poussière, afin que, quand je serai poussière aussi, je ne tressaille encore que d'amour et jamais de honte ; afin que si j'attends au fond du purgatoire, décrit si triste, mais si doux, par Dante, qui l'a vu, toutes les âmes heureuses, en passant légères et sauvées devant moi, me disent avec un léger sourire : au revoir !

À ce prix donc, trempée d'encre ou de larmes, courez, ma plume, courez : vous savez bien qui vous l'ordonne.

JOURS D'ÉTÉ

Ma sœur m'aimait en mère : elle m'apprit à lire.
Ce qu'elle y mit d'ardeur ne saurait se décrire :
Mais l'enfant ne sait pas qu'apprendre, c'est courir,
Et qu'on lui donne, assis, le monde à parcourir.
Voir ! voir ! l'enfant veut voir. Les doux bruits de la rue,
Albertine charmante à la vitre apparue,
Élevant ses bouquets, ses volants, et là-bas,
Les jeux qui m'attendaient et ne commençaient pas ;
Oh ! le livre avait tort ! Tous les livres du monde,
Ne valaient pas un chant de la lointaine ronde,
Où mon âme sans moi tournait de main en main,
Quand ma sœur avait dit : – Tu danseras demain.

Demain, c'était jamais ! Ma jeune providence,
Nouant d'un fil prudent les ailes de la danse,
Me répétait en vain toute grave et tout bas :
« Vois donc : je suis heureuse, et je ne danse pas. »

J'aimais tant les anges
Glissant au soleil !
Ce flot sans mélanges,
D'amour sans pareil !
Étude vivante
D'avenirs en fleurs ;
École savante,
Savante au bonheur !

Pour regarder de près ces aurores nouvelles,
Mes six ans curieux battaient toutes leurs ailes ;
Marchant sur l'alphabet rangé sur mes genoux,

La mouche en bourdonnant me disait : Venez-vous ?…
Et mon nom qui tintait dans l'air ardent de joie,
Les pigeons sans liens sous leur robe de soie,
Mollement envolés de maison en maison,
Dont le fluide essor entraînait ma raison ;
Les arbres, hors des murs poussant leurs têtes vertes ;
Jusqu'au fond des jardins les demeures ouvertes ;
Le rire de l'été sonnant de toutes parts,
Et le congé, sans livre ! errant aux vieux remparts :
Tout combattait ma sœur à l'aiguille attachée ;
Tout passait en chantant sous ma tête penchée ;
Tout m'enlevait, boudeuse et riante à la fois ;
Et l'alphabet toujours s'endormait dans ma voix.

Oui ! l'enfance est poète. Assise ou turbulente,
Elle reconnaît tout empreint de plus haut lieu :
L'oiseau qui jette au loin sa musique volante,
    Lui chante une lettre de Dieu !

Moi, j'y reviens toujours à l'enfance chérie,
Comme un pâle exilé cherche au loin sa patrie,
Bel âge qui demande : *en quoi sont faits les morts ?*
Et dit avec Malcolm « Qu'est-ce que le Remords ? »
Esprit qui passe, ouvrant ton aile souple et forte,
Au souffle impérieux qui l'enivre et l'emporte,
D'où vient qu'à ton beau rêve où se miraient les
    cieux,
Je sens fondre une larme en un coin de mes yeux ?
C'est qu'aux flots de lait pur que me versait ma mère,
Ne se mêlait alors pas une goutte amère ;
C'est qu'on baisait l'enfant qui criait : Tout pour moi !
C'est qu'on lui répondait encor : « Oui ! tout pour toi ;
« Veux-tu le monde aussi ? tu l'auras, ma jeune âme. »
Hélas ! qu'avons-nous eu ? belle espérance ! ô femme !

Ô toi qui m'as trompée avec tes blonds cheveux,
Tes chants de rossignol et tes placides jeux !

Ma sœur : ces jours d'été nous les courions ensemble ;
Je reprends sous leurs flots ta douce main qui tremble ;
Je t'aime du bonheur que tu tenais de moi ;
Et mes soleils d'alors se rallument sur toi !

Mais j'épelais enfin : l'esprit et la lumière,
Éclairaient par degrés la page, la première
D'un beau livre, terni sous mes doigts, sous mes
pleurs,
Où la Bible aux enfants ouvre toutes ses fleurs :
Pourtant c'est par le cœur, cette bible vivante,
Que je compris bientôt qu'on me faisait savante :
Dieu ! le jour n'entre-t-il dans notre entendement,
Que trempé pour jamais d'un triste sentiment !

Un frêle enfant manquait aux genoux de ma mère ;
Il s'était comme enfui par une bise amère,
Et, disparu du rang de ses petits amis,
Au berceau blanc, le soir, il ne fut pas remis.
Ce vague souvenir, sur ma jeune pensée
Avait pesé deux ans, et puis, m'avait laissée.
Je ne comprenais plus pourquoi, pâle de pleurs,
Ma mère, vers l'église allait avec ses fleurs.
L'église, en ce temps-là, des vertes sépultures,
Se composait encor de sévères ceintures ;
Et versant sur les morts ses longs hymnes fervents,
Au rendez-vous de tous appelait les vivants.
C'était beau d'enfermer dans une même enceinte,
La poussière animée et la poussière éteinte ;
C'était doux, dans les fleurs éparses au saint lieu,
De respirer son père en visitant son Dieu !

J'y pense ; un jour de tiède et pâle automne,
Après le mois qui consume et qui tonne,
Près de ma sœur et ma main dans sa main,
De Notre-Dame ayant pris le chemin
Tout sinueux, planté de croix fleuries,
Où se mouraient des couronnes flétries,
Je regardais avec saisissement
Ce que ma sœur saluait tristement.
La lune large avant la nuit levée,
Comme une lampe avant l'heure éprouvée,
D'un reflet rouge enluminait les croix,
L'église blanche et tous ces lits étroits ;
Puis, dans les coins le chardon solitaire,
Éparpillait ses flocons sur la terre.

Sans deviner ce que c'est que mourir,
Devant la mort je n'osai plus courir.
Un ruban gris qui serpentait dans l'herbe,
De résédas nouant l'humide gerbe,
Tira mon âme au tertre le plus vert,
Sous la madone, au flanc sept fois ouvert :
Là, j'épelai notre nom de famille,
Et je pâlis, faible petite fille ;
Puis, mot à mot : « Notre dernier venu
Est passé là vers le monde inconnu ! »
Cette leçon, aux pieds de Notre-Dame,
Mouilla mes yeux et dessilla mon âme :
Je savais lire, et j'appris sous des fleurs
Ce qu'une mère aime avec tant de pleurs.
Je savais lire ! et je pleurai moi-même.
Merci, ma sœur : on pleure dès qu'on aime.
Si jeune donc que soit le souvenir,
C'est par un deuil qu'il faut y revenir ?

Mais, que j'aime à t'aimer, sœur charmante et sévère,
Qui reçus pour nous deux l'instinct qui persévère ;
Rayon droit du devoir, humble, ardent et caché,
Sur mon aveugle vie à toute heure épanché !
Oh ! si Dieu m'aime encore ; oh ! si Dieu me remporte,
Comme un rêve flottant, sur le seuil de ta porte,
Devant mes traits changés si tu fermes tes bras,
Je saisirai ta main..., tu me reconnaîtras !

LA VIE

Nuage, nuage,
Beau passant de l'air,
Roulé dans l'orage,
Fendu par l'éclair ;
Couves-tu des flammes
Dans ton flanc vermeil ?
Portes-tu les âmes
Filles du soleil ?

Prends donc sur ton aile
Mon âme avec toi ;
Mon âme éternelle
Est lasse de moi.
Mon âme flétrie
Qui vacille en bas,
Sent que sa patrie
Est là-bas ! là-bas !

Prends-donc… mais que dis-je !
A peine ma voix
Te parle, ô prodige !
A peine je vois
Rayonner ta robe
En reflet confus,
Le vent te dérobe,
Passant ! tu n'es plus !

DÉPART DE LYON

À Madame A. Dupin

Dieu vous garde, humbles fleurs sous la tuile venues ;
Ouvrez un frais sourire à ce vieux bâtiment.
Comme on voudrait mourir, vous mourez inconnues,
Et votre vie à l'ombre est un divin moment !

[...]

Sortis de vos plis verts où les jasmins respirent,
Que de songes sur moi vinrent causer le soir !
Ces papillons du ciel, qui chantent et soupirent,
Sur le sommeil du pauvre aiment tant à s'asseoir !

D'autres pauvres viendront : c'est en haut qu'ils habitent.
Les indigents bénis ont du moins le grand jour ;
Les scintillantes nuits, les mondes qui gravitent,
Et le soleil entier traversant leur séjour,

Dieu vous garde pour eux ! Moi je pars, moi je passe,
Comme à travers les champs un filet d'eau s'en va ;
Comme un oiseau s'enfuit, je m'en vais dans l'espace
Chercher l'immense amour où mon cœur s'abreuva.

Charme des blés mouvants ! fleurs des grandes prairies !
Tumulte harmonieux élevé des champs verts !
Bruits des nids ! flots courants ! chantantes rêveries !
N'êtes-vous qu'une voix parcourant l'univers ?

Oui, partout où je marche une voix me rappelle ;
Voix du berceau lointain qui ressaisit le cœur,
Voix qui trouble et se plaint de l'enfant infidèle
Dont le sort se fit triste en cherchant le bonheur ;

Étreinte dans l'absence, accolade éternelle,
Mystérieux sanglot dont les pleurs sont en nous,
Que de fois, comme un cri de frayeur maternelle,
M'avez-vous fait bondir et tomber à genoux !

Mais quoi ! mon esprit seul, ardent missionnaire,
A revu le vieux chaume ébranlé par les vents,
Et le grillon chanteur qu'on disait centenaire
Au creux de l'âtre éteint que peuplaient huit enfants.

Huit esprits curieux du passé doux à croire,
Dont le docte grillon savait la longue histoire,
Alors que frère et sœurs, me prêtant leurs genoux,
Disaient : « Viens, Marceline, écouter avec nous. »

Tandis que, poursuivant la tâche commencée,
L'aiguille s'envolait régulière et pressée,
Soumise au raconteur, j'écoutais tout le soir
Ce qu'à travers son siècle un grillon a pu voir.

J'écoutais, moi, plus frêle et partant plus aimée ;
Toute prise aux rayons de la lampe allumée,
Je veillais tard, ô joie ! et le crieur de nuit
Sonnait, sans m'effrayer, pour les morts, à minuit.

J'irai, si Dieu le veut, si mon étoile brille
Et trace encor mon nom dans la Scarpe d'argent,
Enfant déshérité d'une sainte famille,
J'irai suspendre au seuil mon voyage indigent.

Ma force, c'est l'amour ; mes enfants sont mes ailes ;
Ils me remporteront à mes premières fleurs ;
Les fleurs ne vivent plus, mais je vis après elles,
Et mon cœur sait la place où je leur dois des pleurs.

Peuple encor selon Dieu ! si ta chanteuse errante,
S'éteint loin des sentiers qui ramènent vers toi,
Que ton nom parle au moins sur ma cendre vibrante,
Afin que l'étranger s'incline devant moi.

ENVOI

Distraite de souffrir pour saluer votre âme,
Voilà mon âme : elle est où vous souffrez, Madame !

ROUEN

À mes sœurs

Dans la ville tout églises,
Où je descends quelquefois,
Où devant le seuil assises,
Les femmes lèvent leurs voix ;
Dans cette ville où bourdonne,
Toute idée allant aux cieux,
Où les yeux d'une madone,
Qui relève et qui pardonne,
A tous coins cherchent vos yeux :

Il est une étroite porte,
Palais de mes ans passés,
Où le même amour emporte,
Mon âme et mes pieds lassés,
Chez mes sœurs ! séjour crédule,
Où l'air est encor si pur ;
Où Dieu gardait la cellule,
Quand j'écoutais la pendule,
Qui vit et bat sur le mur.

Là, comme la sainte femme
Ouvre au pauvre son verger,
Mes sœurs ont toujours dans l'âme
Un doux coin pour me loger ;
Pour rappeler de l'enfance
Les nuits qui chantaient tout bas ;
Pour me rendre après l'absence,

Le miroir de l'innocence
Que mes sœurs ne brisent pas.

Le long de l'étroite rue
Où tout est calme et pensant,
Faible étoile reparue,
Je regarde le passant ;
Puis, tout distrait, tout frivole,
Tout léger de souvenir,
L'enfant qui monte à l'école
Chercher la douce parole,
Doux pain de son avenir !

À Rouen, ville encensée
Par la prière et les flots,
S'ouvrirent de ma pensée
Les hymnes et les sanglots ;
Comme la brise inconnue
Chante à quelque vieux créneau,
Sur la grande église nue,
Qui met son front dans la nue,
Et lave ses pieds dans l'eau.

Mais, l'église de mon âme*,
Où pleure un humble métal,
Reflète sa pure flamme,
Dans un long flot de cristal.
Cette sainte au flanc percée,
Lavant ses humbles pavés,
Semble une mère empressée,

* Saint Maclou (NdA)

Sur ses enfants abaissée,
Qui dit : Puisez et buvez !

C'est là que la cathédrale
Abreuve ses bénitiers ;
C'est l'éternelle lustrale
Sauvant les siècles entiers.
Tout meurt : la source est la même,
Dieu nourrit sa fraîche voix :
Aussi tout le peuple l'aime
Plus que le dôme suprême
Où se font sacrer les rois.

Par un hiver dur et sombre,
J'ai cherché ses vieux autels,
Qui dans l'été font tant d'ombre
Aux fronts des pauvres mortels :
Là, pour mon âme exilée,
Couvait un nouvel affront ;
L'eau bénite était gelée,
Et je me suis en allée,
Sans désaltérer mon front.

À travers les brumes grises
Qui resserrent l'horizon,
Dans la ville tout églises
Où Corneille eut sa maison ;
Parmi les fleurs, les fontaines,
Les clochers vibrants, les tours,
Les voilures toutes pleines
Des vents aux moites haleines,
Qui frôlent ses verts entours :

Dans ce pays aimé qui me fut trop barbare,
Donnez à mon image un coin rêveur et doux ;
J'ai bien assez pleuré l'arrêt qui nous sépare,
Pour que mon ombre au moins soit heureuse avec
vous !

PRISON ET PRINTEMPS

Au Spielberg

Les flots,
Plus mollement portent les matelots ;
J'entends sur moi passer les hirondelles :
Vers vous,
Pour m'envoler, climats lointains et doux,
Oh ! que mon cœur n'a-t-il reçu comme elles,
Des ailes !

Toujours,
Pour retourner où couvent les beaux jours,
Heureux oiseaux, Dieu vous montre une étoile ;
Aux cieux,
Ma jeune étoile aussi brille à mes yeux :
Mais j'ai rompu comme une faible toile,
Ma voile !

Aux fleurs,
Pleines d'encens et d'humides couleurs,
Allez puiser le miel de la prairie ;
Oiseaux !
Plus près alors affrontez mes réseaux ;
Et rapportez à ma lèvre ravie
La vie !

Dans l'air,
Si vous trouvez la pitié, doux éclair !
Entraînez-la vers la prison qui pleure ;
Parfois,
Jusqu'au martyr elle a glissé sa voix :

Oh ! que sa voix l'enivre avant qu'il meure ;
C'est l'heure !

Allez !
Souffles de Dieu, vos destins sont ailés ;
Vos chemins bleus n'ont ni clés ni barrière,
Mais quoi !
Dans ce désert qui cause votre effroi,
Ne croyez pas mon âme prisonnière,
Entière !

Souvent
Mon âme est libre, et sur le front du vent,
Quelque âme au loin l'attire et la rappelle.
Bourreaux,
Sur cette flamme étendez vos barreaux :
Que pouvez-vous sur la pauvre immortelle,
Meurt-elle ?

UNE HALTE SUR LE SIMPLON

À Pauline Duchambge

C'était l'heure où des monts les géantes structures,
Forment aux yeux errants de bizarres sculptures ;
Des couvents sans vitraux et des clochers sans voix ;
Des saints agenouillés aux lisières des bois ;
Des anges fatigués et reposant leurs ailes,
Sur les créneaux troués de célestes tourelles :
L'heure où flotte le rêve et par monts et par vaux,
Également bercé dans le pas des chevaux.
C'était triste, mais grand ! désert, mais plein de charmes !
L'eau, filtrante au rocher, faisait un bruit de larmes ;
L'étoile, dans le lac se creusant un miroir,
Rayonnait, on l'eût dit, de l'orgueil de se voir.
De ces palais ouverts, sans gardiens, sans serrures,
La lune illuminait les pompeuses parures ;
Et sa lampe éternelle, aux reflets purs et blancs,
Montrait les profondeurs aux pèlerins tremblants.

Ce soir-là tout aimait, tout s'empressait de vivre ;
Tout faisait les honneurs des chemins doux à suivre :
L'océan de la nuit se balançait dans l'air ;
Pas un souffle inclément, enfin ! pas un éclair
N'agitait des aiglons les aires toutes pleines,
Et les fleurs se parlaient : le bruit de leurs haleines,
Dans l'herbe, ressemblait à des baisers d'enfants
Qui s'embrassent entre eux, rieurs et triomphants.
Là, j'avais dit aux miens, j'avais dit à moi-même :
« Dieu qui nous a voués aux départs, Dieu nous aime ;
Il enlace nos jours et les mains dans les mains,
Nous refait de l'espoir aux douteux lendemains. »

Descendue en courant de l'ardente Italie,
Cette porte du ciel qui jamais ne s'oublie,
De chants et de parfums tout inondée encor,
Et les cils emmêlés de ses longs rayons d'or,
Prise aux jours qui s'en vont, que l'âme seule écoute,
Dont les échos perçants entrecoupaient ma route ;
Des lointains rapprochés les indicibles voix,
Me criaient : « Où vas-tu transir comme autrefois ?
Quel soleil sèchera ton vol trempé d'orage,
Âme à peine échappée à ton dernier naufrage ;
Pauvre âme ! où t'en vas-tu, qui ne te souviens pas
De ton aile blessée et traînante ici-bas.
Viens t'asseoir, viens chanter, viens dormir dans nos brises,
Viens prier dans nos bras pleins d'encens, pleins d'églises.
Viens ranimer ton souffle au bruit calmant de l'eau,
Au cri d'une cigale à travers le bouleau.
Viens voir la vigne antique à l'air seul attachée,
Le sein toujours gonflé d'une grappe cachée,
Étendant follement ses longs bras vers ses sœurs,
Bacchantes sans repos appelant les danseurs.
Viens où les joncs et l'onde où le roseau se mire,
Poussent, en se heurtant, de frais éclats de rire :
Viens : tu les sentiras, par leurs frissons charmants,
De l'attente qui brûle amollir les tourments.

Viens, viens ! Naples t'invite à ses nuits de guitares ;
Chaque arbre plein d'oiseaux t'appelle à ses fanfares.
Viens, viens ! nos cieux sont beaux, même à travers des pleurs ;
Viens ! toi qui tends aux cieux par tes cris de douleurs ;
Apprends à les chanter pour voler plus haut qu'elles :

À force de monter tu referas tes ailes !
On monte, on monte ici toujours. Nos monuments
Emportent la pensée au front des éléments.
Le feu se mêle à l'air et rend les voix brûlantes ;
L'air à son tour s'infiltre aux chaleurs accablantes ;
Ici Paganini fit ses concerts à Dieu ;
Son nom, cygne flottant, frôle encor chaque lieu :
Posant aux nids nouveaux ses mains harmonieuses,
Tu l'entendras jouer dans nos nuits lumineuses;
Où son âme fut jeune, il aime à l'envoyer,
Et c'est en haut de tout qu'elle vient s'appuyer. »

Ce nom me fit pleurer comme un chant sous un voile,
Où brille et disparaît le regard d'une étoile :
Alors tout le passé ressaisissant ma main,
Des jets du souvenir inonda mon chemin.

Paganini ! doux nom qui bats sur ma mémoire,
Et comme une aile d'ange as réveillé mon cœur,
　　　　Doux nom qui pleures, qui dis gloire,
　　　　Échappé du céleste chœur ;
Tous les baisers du ciel sont dans ton harmonie,
Doux nom ! belle auréole éclairant le génie ;
Tu bondis de musique attaché sur ses jours ;
Tu baptisas son âme : oh ! tu vivras toujours !

Et l'écho reprenait : « Nos tièdes solitudes
Endorment votre Adolphe à ses inquiétudes* ;
Et dans ce cœur malade à force de brûler,
Nous versons l'hymne sainte et prompte à consoler.
Noble artiste au front d'ange, à la beauté divine,
Qui devina des cieux tout ce qu'on en devine,

* Adolphe Nourrit (NdA).

Sous ses mains, comme toi, s'il a caché des pleurs,
C'est de nous qu'il attend et qu'il obtient des fleurs ! »

Te voilà donc heureux, jeune homme aux lèvres pures ;
Incliné dès l'enfance à de saintes cultures ;
Qui n'as chanté l'amour qu'en l'adressant au ciel,
Et n'y pus supporter une goutte de fiel !
Te voilà donc heureux ! Je bénis l'Italie :
Elle a penché l'oreille à ta mélancolie ;
Elle a dans l'un de nous payé pour ses enfants,
Que Paris fit toujours riches et triomphants !

Quand tu redescendras vers ta blonde famille,
Par ces carrefours verts où la Madone brille,
Où la lune répand d'éclairantes fraîcheurs
Sur les fronts altérés des pauvres voyageurs ;
Où le gaz argenté de cette humide lampe,
Des tournantes hauteurs frappe la vaste rampe,
Si la cascade, ainsi que de profonds sanglots,
Sur tes pieds ramenés laisse rouler ses flots ;
Si l'espoir qui bruit, au fond de la chapelle,
Comme un pur filet d'eau te salue et t'appelle ;
Oh ! viens-y respirer, d'une profonde foi,
Les bouquets qu'en passant nous y laissons pour toi.

Rien n'est bon que d'aimer, rien n'est doux que de
croire,
Que d'entendre la nuit, solitaire en sa gloire,
Accorder sur les monts ses sublimes concerts,
Pour les épandre aux cieux, qui ne sont pas déserts !

Nous venions de franchir l'effroi de deux abîmes,
Où des cheveux divins vous suspendent aux cimes ;
Où le tronc d'un vieux arbre est le seul pont jeté

Entre l'âme qui passe et son éternité ;
Où l'on ferme les yeux sur la pente rapide,
Pour n'y pas voir rouler quelque enfant intrépide,
Qui vous échappe et court, et vous offre une fleur,
Quand vous l'atteignez, vous, sans voix et sans couleur.

Et nous goûtions du soir la suave magie,
Tempérant de l'été la brûlante énergie ;
Oubliant (nous voulions l'oublier) les serpents
Que nous venions de fuir si bas et si rampants.
Pas un n'avait atteint le cœur. Anges fidèles,
Mes deux filles si haut m'enlevaient dans leurs ailes !
Ces deux étoiles d'or brillaient au front des vents,
Et j'avais du courage : il est dans nos enfants.

Adolphe, quand des tiens la riante cohorte,
Comme six séraphins assailleront ta porte,
Oh ! ne les quitte plus ; oh ! rends-leur à toujours
Leur mère, couronnée avec ses sept amours !

Mais ce cri, qui deux fois a traversé l'espace,
Est-ce quelque âme à nous qui nous nomme et qui
passe ;
Que ne peuvent toucher ni nos mains ni nos yeux,
Et qui veut nous étreindre en s'envolant aux cieux ?
Ondine ! éveille-toi… Mais non, dormez encore ;
Ce n'est pas de Nourrit la voix pleine et sonore ;
Nous avons rendez-vous en France : ainsi, dormez,
Dormez, enfants ; rêvez à ceux que vous aimez !

Sous mon fardeau de mère et mes liens de femme,
Plus près du ciel ainsi je vivais dans mon âme,
Quand le sort qui tournait poussa cette clameur
Votre Adolphe se meurt…

Il est mort : Pour saisir l'illusion perdue,
Son âme s'est jetée à travers l'étendue ;
Son âme qui souffrait, oubliant sa hauteur,
D'une tache de sang a terni sa blancheur !
Elle voulait dormir à son foyer tranquille,
Et caresser sa mère, et saluer la ville,
Où ses hymnes d'adieu retentissent encor ;
Dont le nom l'appelait d'un suppliant accord.
A des berceaux lointains elle voulait s'abattre,
Et chanter au milieu d'enfants, troupe folâtre,
Qui l'attirait tout bas et lui soufflait des fleurs,
Et des baisers, si frais aux brûlantes douleurs !
Le malade songeait qu'il lui venait des ailes ;
Un rêve couronné d'ardentes étincelles,
L'a surpris sur l'abîme et l'a poussé vers Dieu :
Il n'a pas eu le temps de vous crier adieu !

Italie ! Italie ! égarante sirène !
De ton grand peuple esclave insoucieuse reine !
Ce n'est pas dans ton sein qu'une âme peut guérir ;
Tes parfums rendent fou, tes dédains font mourir !
Toi qui ne dois qu'à Dieu ton ardent diadème,
Les pieds aux fers, tu dors dans l'orgueil de toi-même ;
Sous tes yeux à demi fermés d'un lourd sommeil,
Nous formons (tu l'as dit) une ombre à ton soleil.
Tu n'extrais que pour toi le doux miel de tes phrases,
Tu ne nous aimes pas, tu railles nos extases ;
Cruelle ! à tes amants tu donnes sans remord,
Après l'enchantement, la démence ou la mort.

UN ARC DE TRIOMPHE

Tout ce qu'on dit les hirondelles
Sur ce colossal monument,
C'est que c'était à cause d'elles
Qu'on élevait le bâtiment.

Leur nid s'y pose si tranquille,
Si près des grands chemins du jour,
Qu'elles ont pris ce champ d'asile
Pour causer d'affaire, ou d'amour.

En hâte, à la géante porte,
Parmi tous ces morts triomphants,
Sans façon l'hirondelle apporte
Un grain de chanvre à ses enfants.

Dans le casque de la Victoire
L'une, heureuse, a couvé ses œufs,
Qui, tout ignorants de l'histoire,
Éclosent fiers comme chez eux.

Voulez-vous lire au fond des gloires,
Dont le marbre est tout recouvert :
Mille doux cris à têtes noires
Sortent du grand livre entr'ouvert.

La plus mince qui rentre en France,
Dit aux oiseaux de l'étranger :
« Venez voir notre nid immense ;
Nous avons de quoi vous loger. »

Car dans leurs plaines de nuages
Les canons ne s entendent pas
Plus que si les hommes bien sages
Riaient et s’entr’aimaient en bas.

La guerre est un cri de cigale
Pour l’oiseau qui monte chez Dieu ;
Et le héros que rien n’égale
N’est vu qu’à peine en si haut lieu.

Voilà pourquoi les hirondelles,
A l’aise dans ce bâtiment,
Disent que c’est à cause d’elles
Que Dieu fit faire un monument.

FILEUSE

Le ciel est haut, la lune est rouge et pleine ;
Le tisserand chante à manquer d'haleine ;
La terre tourne et travaille tout bas ;
Et mon fuseau pourtant ne tourne pas !
　　Mon lin se casse,
　　Ma main est lasse ;
　　Sans toi, soleil,
　　J'ai tant sommeil !

De mon rouet le bruit me berce l'âme ;
J'ai les yeux gros de regarder la flamme.
Aube, chère aube, à quand votre retour ?
Je filerai quand filera le jour.
　　Mon lin se casse,
　　Ma main est lasse ;
　　Sans toi, soleil,
　　J'ai tant sommeil !

Mes yeux fermés suivent un si beau songe !
S'il n'est pas vrai, mon Dieu ! qu'il se prolonge.
Ô mes fuseaux, tournez si doucement
Que sur ma lampe il s'appuie un moment !
　　Mon lin se casse,
　　Ma main est lasse ;
　　Sans toi, soleil,
　　J'ai tant sommeil !

Poésies inédites
1860

UNE LETTRE DE FEMME

Les femmes, je le sais, ne doivent pas écrire,
J'écris pourtant,
Afin que dans mon cœur au loin tu puisses lire
Comme en partant.

Je ne tracerai rien qui ne soit dans toi-même
Beaucoup plus beau :
Mais le mot cent fois dit, venant de ce qu'on aime,
Semble nouveau.

Qu'il te porte au bonheur ! Moi, je reste à l'attendre,
Bien que, là-bas,
Je sens que je m'en vais, pour voir et pour entendre
Errer tes pas.

Ne te détourne point s'il passe une hirondelle
Par le chemin,
Car je crois que c'est moi qui passerai, fidèle,
Toucher ta main.

Tu t'en vas, tout s'en va ! Tout se met en voyage,
Lumière et fleurs ;
Le bel été te suit, me laissant à l'orage,
Lourde de pleurs.

Mais si l'on ne vit plus que d'espoir et d'alarmes
Cessant de voir,
Partageons pour le mieux : moi, je retiens les larmes,
Garde l'espoir.

Non, je ne voudrais pas, tant je te suis unie,
Te voir souffrir :
Souhaiter la douleur à sa moitié bénie,
C'est se haïr.

JOUR D'ORIENT

Ce fut un jour pareil à ce beau jour
Que, pour tout perdre, incendiait l'amour !

C'était un jour de charité divine
Où, dans l'air bleu, l'éternité chemine ;
Où dérobée à son poids étouffant
La terre joue et redevient enfant ;
C'était partout comme un baiser de mère,
Long rêve errant dans une heure éphémère ;
Heure d'oiseaux, de parfums, de soleil,
D'oubli de tout… hors du bien sans pareil.

Nous étions deux !… C'est trop d'un quand on aime
Pour se garder… Hélas ! nous étions deux.
Pas un témoin qui sauve de soi-même !
Jamais au monde on n'eut plus besoin d'eux
Que nous l'avions ! Lui, trop près de mon âme,
Avec son âme éblouissait mes yeux ;
J'étais aveugle à cette double flamme,
Et j'y vis trop quand je revis les cieux.

Pour me sauver, j'étais trop peu savante ;
Pour l'oublier… je suis encor vivante !

C'était un jour pareil à ce beau jour
Que, pour tout perdre, incendiait l'amour !

ALLEZ EN PAIX

Allez en, paix, mon cher tourment,
Vous m'avez assez alarmée,
Assez émue, assez charmée…
Allez au loin, mon cher tourment,
Hélas ! mon invisible aimant !

Votre nom seul suffira bien
Pour me retenir asservie ;
Il est alentour de ma vie
Roulé comme un ardent lien ;
Ce nom vous remplacera bien.

Ah ! je crois que sans le savoir
J'ai fait un malheur sur la terre ;
Et vous, mon juge involontaire,
Vous êtes donc venu me voir
Pour me punir, sans le savoir ?

D'abord ce fut musique et feu,
Rires d'enfants, danses rêvées,
Puis les larmes sont arrivées
Avec les peurs, les nuits de feu…
Adieu danses, musique et jeu !

Sauvez-vous par le beau chemin
Où plane l'hirondelle heureuse :
C'est la poésie amoureuse :
Pour ne pas la perdre en chemin
De mon cœur ôtez votre main.

Dans votre prière, tout bas,
Le soir, laissez entrer mes larmes ;
Contre vous elles n'ont point d'armes.
Dans vos discours n'en parlez pas !
Devant Dieu pensez-y tout bas.

6 juin 1857.

LES CLOCHES ET LES LARMES

Sur la terre où sonne l'heure,
Tout pleure, ah ! mon Dieu ! tout pleure.

L'orgue sous le sombre arceau,
Le pauvre offrant sa neuvaine,
Le prisonnier dans sa chaîne
Et l'enfant dans son berceau ;

Sur la terre où sonne l'heure,
Tout pleure, ah ! mon Dieu ! tout pleure.

La cloche pleure le jour
Qui va mourir sur l'église,
Et cette pleureuse assise
Qu'a-t-elle à pleurer ?… L'amour.

Sur la terre où sonne l'heure,
Tout pleure, ah ! mon Dieu ! tout pleure.

Priant les anges cachés
D'assoupir ses nuits funestes
Voyez, aux sphères célestes,
Ses longs regards attachés.

Sur la terre où sonne l'heure,
Tout pleure, ah ! mon Dieu ! tout pleure.

Et le ciel a répondu :
« Terre, ô terre, attendez l'heure !
J'ai dit à tout ce qui pleure,
Que tout lui sera rendu. »

Sonnez, cloches ruisselantes !
Ruisselez, larmes brûlantes !
Cloches qui pleurez le jour !
Beaux yeux qui pleurez l'amour !

LES ROSES DE SAADI

J'ai voulu ce matin te rapporter des roses ;
Mais j'en avais tant pris dans mes ceintures closes
Que les nœuds trop serrés n'ont pu les contenir.

Les nœuds ont éclaté. Les roses envolées
Dans le vent, à la mer s'en sont toutes allées.
Elles ont suivi l'eau pour ne plus revenir.

La vague en a paru rouge et comme enflammée :
Ce soir, ma robe encore en est toute embaumée…
Respires-en sur moi l'odorant souvenir.

L'EAU DOUCE

L'eau qui a rencontré la mer ne retrouve jamais sa première douceur.

Un poète persan

Pitié de moi ! j'étais l'eau douce ;
Un jour j'ai rencontré la mer ;
A présent j'ai le goût amer,
Quelque part que le vent me pousse.

Ah ! qu'il en allait autrement
Quand, légère comme la gaze
Parmi mes bulles de topaze
Je m'agitais joyeusement.

Nul bruit n'accostait une oreille
D'un salut plus délicieux
Que mon cristal mélodieux
Dans sa ruisselante merveille.

L'oiseau du ciel, sur moi penché,
M'aimait plus que l'eau du nuage,
Quand mon flot, plein de son image,
Lavait son gosier desséché.

Le poète errant qui me loue
Disait un jour qu'il m'a parlé :
« Tu sembles le rire perlé
D'un enfant qui jase et qui joue.

Moi, je suis l'ardent voyageur,
Incliné sur ta nappe humide,

Qui te jure, ô ruisseau limpide,
De bénir partout ta fraîcheur. »

– Doux voyageur, si ta mémoire
S'abreuve de mon souvenir,
Bénis Dieu d'avoir pu me boire,
Mais défends-toi de revenir.

Mon cristal limpide et sonore
Où s'étalait le cresson vert
Dans les cailloux ne coule encore
Que sourdement, comme l'hiver.

L'oiseau dont la soif est trompée
Au nuage a rendu son vol,
Et la plume du rossignol
Dans mon onde n'est plus trempée.

Cette onde qui filtrait du ciel
Roulait des clartés sous la mousse…
J'étais bien mieux, j'étais l'eau douce,
Et me voici traînant le sel.

LA VOIX D'UN AMI

Si tu n'as pas perdu cette voix grave et tendre
Qui promenait mon âme au chemin des éclairs
Ou s'écoulait limpide avec les ruisseaux clairs,
Éveille un peu ta voix que je voudrais entendre.

Elle manque à ma peine, elle aiderait mes jours.
Dans leurs cent mille voix je ne l'ai pas trouvée.
Pareille à l'espérance en d'autres temps rêvée,
Ta voix ouvre une vie où l'on vivra toujours !

Souffle vers ma maison cette flamme sonore
Qui seule a su répondre aux larmes de mes yeux.
Inutile à la terre, approche-moi des cieux.
Si l'haleine est en toi, que je l'entende encore !

Elle manque à ma peine ; elle aiderait mes jours.
Dans leurs cent mille voix je ne l'ai pas trouvée.
Pareille à l'espérance en d'autres temps rêvée,
Ta voix ouvre une vie où l'on vivra toujours !

DERNIÈRE ENTREVUE

Attends, nous allons dire adieu :
Ce mot seul désarmera Dieu.

Les voilà ces feuilles brûlantes
Qu'échangèrent nos mains tremblantes ;

Où l'amour répandit par flots
Ses cris, ses flammes, ses sanglots.

Délivrons ces âmes confuses,
Rendons l'air aux pauvres recluses.

Attends, nous allons dire adieu :
Ce mot seul désarmera Dieu.

Voici celle qui m'a perdue…
Lis ! Quand je te l'aurai rendue,

De tant de mal, de tant de bien,
Il ne me restera plus rien.

Brûlons ces tristes fleurs d'orage,
Moi, par effroi ; toi, par courage.

Elles survivraient trop d'un jour
Au naufrage d'un tel amour.

Par pitié, sois-nous inflexible !
Pour ce sacrifice impossible,

Il fallait le secours des cieux,
Et les regarder dans tes yeux !

Contre toi le sort n'a plus d'armes ;
Oh ! ne pleure pas... bois mes larmes

Lève au ciel ton front abattu ;
Je t'aime à jamais : le sais-tu ?

Mais te voilà près de la porte...
La terre s'en va... je suis morte !...

Hélas ! je n'ai pas dit adieu...
Toi seul es sauvé devant Dieu !

L'ESCLAVE ET L'OISEAU

Ouvre ton aile au vent, mon beau ramier sauvage !
Laisse à mes doigts brisés ton anneau d'esclavage.
Tu n'as que trop pleuré ton élément, l'amour ;
Sois heureux comme lui : sauve-toi sans retour !

Que tu montes la nue ou que tu rases l'onde,
Souviens-toi de l'esclave en traversant le monde.
L'esclave t'affranchit pour te rendre à l'amour :
Quitte-moi comme lui : sauve-toi sans retour !

Va retrouver dans l'air la volupté de vivre !
Va boire les baisers de Dieu qui te délivre !
Ruisselant de soleil et plongé dans l'amour,
Va-t-en ! va-t-en ! va-t-en ! sauve-toi sans retour !

Moi, je garde l'anneau ; je suis l'oiseau sans ailes.
Les tiennes vont aux cieux : mon âme est devant elles.
Va ! je les sentirai frissonner dans l'amour ;
Mon ramier, sois béni ! Sauve-toi sans retour !

Va demander pardon pour les faiseurs de chaînes ;
En fuyant les bourreaux, laisse tomber les haines.
Va plus haut que la mort, emporté dans l'amour :
Sois clément comme lui… Sauve-toi sans retour !

DANS L'ÉTÉ

Un danger circule à l'ombre,
Au chant de l'oiseau,
Qui descend, dès qu'il fait sombre,
Se plaindre au roseau.
Alors tout ce qui respire
Se prend à rêver ;
Et le ruisseau qui soupire
Semble l'éprouver.

Partout les nids et les ailes
Tremblent doucement,
Dénonçant des tourterelles
L'entretien charmant ;
L'été brûle avec mystère
Dans les lits en fleurs
Des seuls amants de la terre
Sans blâme et sans pleurs.

Et si trop jeune encore
Pour fuir un danger,
L'enfant rêveur que j'adore
S'attarde au verger,
Laisse dans l'errante nue
Ton charme cruel,
Et sauve l'âme ingénue
Du plaisir mortel !

LE SECRET PERDU

Qui me consolera ? – « Moi seule, a dit l'étude ;
« J'ai des secrets nombreux pour ranimer tes jours. » –
Les livres ont dès lors peuplé ma solitude,
Et j'appris que tout pleure, et je pleurai toujours.

Qui me consolera ? – « Moi, m'a dit la parure ;
« Voici des nœuds, du fard, des perles et de l'or. » –
Et j'essayai sur moi l'innocente imposture,
Mais je parais mon deuil, et je pleurais encor.

Qui me consolera ? – « Nous, m'ont dit les voyages ;
« Laisse-nous t'emporter vers de lointaines fleurs. » –
Mais, toute éprise encor de mes premiers ombrages,
Les ombrages nouveaux n'ont caché que mes pleurs.

Qui me consolera ? – Rien, plus rien ; plus personne.
Ni leurs voix, ni ta voix ; mais descends dans ton cœur ;
Le secret qui guérit n'est qu'en toi. Dieu le donne :
Si Dieu te l'a repris, va ! renonce au bonheur !

AU LIVRE DE LÉOPARDI

Il est de longs soupirs qui traversent les âges
Pour apprendre l'amour aux âmes les plus sages.
Ô sages ! de si loin que ces soupirs viendront,
Leurs brûlantes douceurs un jour vous troubleront.

Et s'il vous faut garder parmi vos solitudes
Le calme qui préside aux sévères études,
Ne risquez pas vos yeux sur les tendres éclairs
De l'orage éternel enfermé dans ces vers,

Dans ces chants, dans ces cris, dans ces plaintes
voilées,
Tocsins toujours vibrant de douleurs envolées.
Oh ! n'allez pas tenter, d'un courage hardi,
Tout cet amour qui pleure avec Léopardi !

Léopardi ! Doux christ oublié de son père,
Altéré de la mort sans le ciel qu'elle espère,
Qu'elle ouvre d'une clé pendue à tout berceau,
Levant de l'avenir l'insoulevable sceau.

Ennemi de lui seul ! Aimer, et ne pas croire !
Sentir l'eau sur sa lèvre et ne pas l'oser boire !
Ne pas respirer Dieu dans l'âme d'une fleur !
Ne pas consoler l'ange attristé dans son cœur.

Ce que l'ange a souffert chez l'homme aveugle et
tendre,
Ce qu'ils ont dit entre eux sans venir à s'entendre,
Ce qu'ils ont l'un par l'autre enduré de combats,
Sages qui voulez vivre, oh ! ne l'apprenez pas !

Oh ! la mort ! ce sera le vrai réveil du songe !
Liberté ! ce sera ton règne sans mensonge !
Le grand dévoilement des âmes et du jour ;
Ce sera Dieu lui-même… oh, ce sera l'amour !

CIGALE

De l'ardente cigale
J'eus le destin,
Sa récolte frugale
Fut mon festin.
Mouillant mon seigle à peine
D'un peu de lait,
J'ai glané graine à graine
Mon chapelet.

J'ai chanté comme j'aime
Rire et douleurs ;
L'oiseau des bois lui-même
Chante des pleurs ;
Et la sonore flamme,
Symbole errant,
Prouve bien que toute âme
Brûle en pleurant.

Puisque amour vit de charmes
Et de souci,
J'ai donc vécu de larmes,
De joie aussi,
À présent, que m'importe !
Faite à souffrir,
Devant, pour être morte,
Si peu mourir.

La chanteuse penchée
Cherchait encor
De la moisson fauchée
Quelque épi d'or,

Quand l’autre moissonneuse,
Forte en tous lieux,
Emporta la glaneuse
Chanter aux cieux.

LE NID SOLITAIRE

Va, mon âme, au-dessus de la foule qui passe,
Ainsi qu'un libre oiseau te baigner dans l'espace.
Va voir ! et ne reviens qu'après avoir touché
Le rêve… mon bon rêve à la terre caché.

Moi, je veux du silence, il y va de ma vie ;
Et je m'enferme où rien, plus rien ne m'a suivie ;
Et de mon nid étroit d'où nul sanglot ne sort,
J'entends courir le siècle à côté de mon sort.

Le siècle qui s'enfuit grondant devant nos portes,
Entraînant dans son cours comme des algues mortes,
Les noms ensanglantés, les vœux, les vains serments,
Les bouquets purs, noués de noms doux et charmants.

Va, mon âme, au-dessus de la foule qui passe,
Ainsi qu'un libre oiseau te baigner dans l'espace.
Va voir ! et ne reviens qu'après avoir touché
Le rêve… mon beau rêve à la terre caché !

LA FILEUSE ET L'ENFANT

J'appris à chanter en allant à l'école :
Les enfants joyeux aiment tant les chansons !
Ils vont les crier au passereau qui vole ;
Au nuage, au vent, ils portent la parole,
Tout légers, tout fiers de savoir des leçons.

La blanche fileuse à son rouet penchée
Ouvrait ma jeune âme avec sa vieille voix
Lorsque j'écoutais, toute lasse et fâchée,
Toute buissonnière en un saule cachée,
Pour mon avenir ces thèmes d'autrefois.

Elle allait chantant d'une voix affaiblie,
Mêlant la pensée au lin qu'elle allongeait ;
Courbée au travail comme un pommier qui plie ;
Oubliant son corps d'où l'âme se délie ;
Moi, j'ai retenu tout ce qu'elle songeait :

– « Ne passez jamais devant l'humble chapelle
Sans y rafraîchir les rayons de vos yeux.
Pour vous éclairer c'est Dieu qui vous appelle ;
Son nom dit le monde à l'enfant qui l'épèle,
Et c'est, sans mourir, une visite aux cieux.

« Ce nom, comme un feu, mûrira vos pensées,
Semblable au soleil qui mûrit les blés d'or ;
Vous en formerez des gerbes enlacées
Pour les mettre un jour sous vos têtes lassées
Comme un faible oiseau qui chante et qui s'endort.

« N'ouvrez pas votre aile aux gloires défendues ;
De tous les lointains juge-t-on la couleur ?
Les voix sans écho sont les mieux entendues ;
Dieu tient dans sa main les clefs qu'on croit perdues ;
De tous les secrets lui seul sait la valeur.

« Quand vous respirez un parfum délectable,
Ne demandez pas d'où vient ce souffle pur.
Tout parfum descend de la divine table ;
L'abeille en arrive, artiste infatigable,
Et son miel choisi tombe aussi de l'azur.

« L'été, lorsqu'un fruit fond sous votre sourire,
Ne demandez pas : Ce doux fruit, qui l'a fait ?
Vous direz : C'est Dieu, Dieu par qui tout respire !
En piquant le mil l'oiseau sait bien le dire,
Le chanter aussi par un double bienfait.

« Si vous avez peur lorsque la nuit est noire,
Vous direz : Mon Dieu, je vois clair avec vous !
Vous êtes la lampe au fond de ma mémoire ;
Vous êtes la nuit, voilé dans votre gloire ;
Vous êtes le jour et vous brillez pour nous !

« Si vous rencontrez un pauvre sans baptême,
Donnez-lui le pain que l'on vous a donné.
Parlez-lui d'amour comme on fait à vous-même ;
Dieu dira : C'est bien ! Voilà l'enfant que j'aime ;
S'il s'égare un jour, il sera pardonné.

« Voyez-vous passer dans sa tristesse amère
Une femme seule et lente à son chemin,
Regardez-la bien, et dites : C'est ma mère,

Ma mère qui souffre ! – Honorez sa misère,
Et soutenez-la du cœur et de la main.

« Enfin faites tant et si souvent l'aumône,
Qu'à ce doux travail ardemment occupé
Quand vous vieillirez – tout vieillit, Dieu l'ordonne, –
Quelque ange en passant vous touche et vous moissonne
Comme un lys d'argent pour la Vierge coupé.

« Les ramiers s'en vont où l'été les emmène ;
L'eau court après l'eau qui fuit sans s'égarer.
Le chêne grandit sous le bras du grand chêne,
L'homme revient seul où son cœur le ramène,
Où les vieux tombeaux l'attirent pour pleurer. »

– J'appris tous ces chants en allant à l'école :
Les enfants joyeux aiment tant les chansons !
Ils vont les crier au passereau qui vole ;
Au nuage, au vent, ils portent la parole,
Tout légers, tout fiers de savoir des leçons.

UN RUISSEAU DE LA SCARPE

Oui, j'avais des trésors… J'en ai plein ma mémoire.
J'ai des banquets rêvés où l'orphelin va boire.
Oh ! quel enfant des blés, le long des chemins verts,
N'a, dans ses jeux errants, possédé l'univers ?

Emmenez-moi, chemins !… Mais non, ce n'est plus
l'heure,
Il faudrait revenir en courant où l'on pleure,
Sans avoir regardé jusqu'au fond le ruisseau
Dont la vague mouilla l'osier de mon berceau.

Il courait vers la Scarpe en traversant nos rues
Qu'épurait la fraîcheur de ses ondes accrues ;
Et l'enfance aux longs cris saluait son retour
Qui faisait déborder tous les puits d'alentour.

Écoliers de ce temps, troupe alerte et bruyante,
Où sont-ils vos présents jetés à l'eau fuyante ?
Le livre ouvert, parfois vos souliers pour vaisseaux,
Et vos petits jardins de mousse et d'arbrisseaux ?

Air natal ! aliment de saveur sans seconde,
Qui nourris tes enfants et les baise à la ronde ;
Air natal imprégné des souffles de nos champs,
Qui fais les cœurs pareils et pareils les penchants !

Et la longue innocence, et le joyeux sourire
Des nôtres, qui n'ont pas de plus beau livre à lire
Que leur visage ouvert et leurs grands yeux d'azur,
Et leur timbre profond d'où sort l'entretien sûr !…

Depuis que j'ai quitté tes haleines bénies,
Tes familles aux mains facilement unies,
Je ne sais quoi d'amer à mon pain s'est mêlé,
Et partout sur mon jour une larme a tremblé.

Et je n'ai plus osé vivre à poitrine pleine
Ni respirer tout l'air qu'il faut à mon haleine.
On eût dit qu'un témoin s'y serait opposé…
Vivre pour vivre, oh non ! je ne l'ai plus osé !

Non, le cher souvenir n'est qu'un cri de souffrance !
Viens donc, toi, dont le cours peut traverser la France ;
A ta molle clarté je livrerai mon front,
Et dans tes flots du moins mes larmes se perdront.

Viens ranimer le cœur séché de nostalgie,
Le prendre, et l'inonder d'une fraîche énergie.
En sortant d'abreuver l'herbe de nos guérets,
Viens, ne fût-ce qu'une heure, abreuver mes regrets !

Amène avec ton bruit une de nos abeilles
Dont l'essaim, quoique absent, bourdonne en mes oreilles,
Elle en parle toujours ! diront-ils… Mais, mon Dieu,
Jeune, on a tant aimé ces parcelles de feu !

Ces gouttes de soleil dans notre azur qui brille,
Dansant sur le tableau lointain de la famille,
Visiteuses des blés où logent tant de fleurs,
Miel qui vole émané des célestes chaleurs !

J'en ai tant vu passer dans l'enclos de mon père
Qu'il en fourmille au fond de tout ce que j'espère ;

Sur toi dont l'eau rapide a délecté mes jours,
Et m'a fait cette voix qui soupire toujours.

Dans ce poignant amour que je m'efforce à rendre,
Dont j'ai souffert longtemps avant de le comprendre,
Comme d'un pâle enfant on berce le souci,
Ruisseau, tu me rendrais ce qui me manque ici.

Ton bruit sourd, se mêlant au rouet de ma mère,
Enlevant à son cœur quelque pensée amère,
Quand pour nous le donner elle cherchait là-bas
Un bonheur attardé qui ne revenait pas.

Cette mère, à ta rive elle est assise encore ;
La voilà qui me parle, ô mémoire sonore !
Ô mes palais natals qu'on m'a fermés souvent !
La voilà qui les rouvre à son heureux enfant !

Je ressaisis sa robe, et ses mains, et son âme !
Sur ma lèvre entr'ouverte elle répand sa flamme !
Non ! par tout l'or du monde on ne me paîrait pas
Ce souffle, ce ruisseau qui font trembler mes pas !

LE PUITS DE NOTRE-DAME À DOUAI

Vieux puits emmantelé de mousse et de gazons,
Flot caché qui lavait le rang de nos maisons,
Centre d'égalité pour tout le voisinage,
Innocent cabaret du vieux et du jeune âge
Par le riche et le pauvre envahi chaques jours,
Je te salue, ô toi qui te donnes toujours !

Dieu n'aura pas permis que l'on séchât ta source.
Et les enfants nouveaux y dirigent leur course,
Et les femmes encore y vont entretenir
Leurs bonheurs d'autrefois qui font mon souvenir.

Car au soleil couchant, du fond de leurs familles,
Glissaient au rendez-vous les plus petites filles,
Pareilles aux ramiers que l'on se plaît à voir
S'abattre et s'étaler au bord d'un abreuvoir,
Dans le gravier qui brille imbiber leur plumage
Et roucouler entre eux leur bonheur sans nuage.

De même, retenant les cris clairs et charmants,
On se reconnaissait par des chuchotements,
– (J'en étais !) – soulevant jusqu'au flot sédentaire
Tous nos fronts ravivés de moiteur salutaire;
Et là se ranimaient les agneaux languissants
Trop serrés tout le jour dans nos bras caressants.

Quel calme ! quel espace ! Et quel mouvant silence !
Ne songeant plus si l'heure au clocher se balance,
Ni si, dans l'univers, d'autres enfants bénis
Sont rentrés au bercail et les ramiers aux nids.
Un liseur de légende ayant vu parmi l'ombre

Nos blonds essaims tourner alentour de l'eau sombre,
En eût fait des ondins à demi-réveillés,
Dansant la bouche close et les cheveux mouillés.

Et quand vient me chercher le rêve aux longues ailes
Vers ces enfants… depuis changés en demoiselles,
Je descends haletante à ses chastes lueurs,
Mais plusieurs sont absents et leurs noms sous des fleurs.
Je ne retrouve plus Albertine envolée,
Ni mes sœurs, toutes trois dans une autre vallée.
Je sais qu'elles sont bien, mais le rêve éperdu
Me ramène plus triste. Il ne m'a rien rendu.

Que dis-je ? il m'a donné de replonger mon âme
Dans cette eau jaillissante aux pieds de Notre-Dame,
Et d'aller librement, humblement, me rasseoir
Sur les bancs consacrés aux prières du soir.
Beau rêve ! il m'a permis de reposer ma tête,
Non comme l'hôte heureux et comblé de la fête,
Mais comme le banni fatigué de gémir,
Cherchant de l'ombre à part afin d'oser dormir.

Envoyé à la bien-aimée

qui avait voulu voir le pays de sa mère

Toi, ne passe jamais à l'angle de la rue
Où notre église encor n'est pas toute apparue,
Sans t'arrêter au bruit qui filtre sous tes pas
Pour écouter un peu ce qu'il chante tout bas.
Il chante le passé, car il a vu nos pères ;
Il a la même voix que dans les temps prospères.
Livre tes longs cheveux au ruisselant miroir,

Et regarde longtemps ce que j'y voudrais voir :
Ton visage étoilé dans les cercles humides
Parsemant leurs clartés de sourires limpides,
Et les multipliant au fond du puits songeur
Pour y porter le jour, comme ils font dans mon cœur !

Alors qu'il soit béni le salubre nuage
Ayant de tous les tiens miré l'errante image !
Monte sur la margelle et bois à ton plein gré
Son haleine qui manque à mon sang altéré.

L'INNOCENCE

Beau fantôme de l'innocence,
Vêtu de fleurs,
Toi qui gardes sous ta puissance
Une âme en pleurs !

Ô toi qui devanças nos hontes
Et nos revers,
Es-tu si grand que tu surmontes
Tout l'univers !

Le reste comme la poussière,
S'est envolé ;
Devant le feu de ma paupière
Tout s'est voilé ;

Tout s'est enfui, flamme et fumée,
Tout est au vent
Toi seul sur mon âme enfermée
Planes souvent.

Pour courir à ta voix qui crie :
« Éternité ! »
Pour monter à Dieu que je prie,
J'ai tout jeté.

La nuit, pour chasser un mensonge
Qui me fait peur,
Ta main, plus forte que le songe,
Étreint mon cœur.

Quelle absence est assez profonde
Pour te braver,
Quand ton regard perce le monde
Pour nous trouver ?

De mon âme ont jailli des âmes
Dignes de toi ;
Au milieu de ces pures flammes,
Ressaisis-moi !

Beau fantôme de l'innocence,
Vêtu de fleurs,
Oh ! garde bien en ta puissance
Notre âme en pleurs.

À MON FILS

APRÈS L'AVOIR CONDUIT AU COLLÈGE

Dire qu'il faut ainsi se déchirer soi-même,
Leur porter son enfant, seule vie où l'on s'aime,
Seul miroir de ce temps où les yeux sont pleins d'or,
Où le ciel est en nous sans un nuage encor ;
Son enfant ! dont la voix nouvelle et reconnue
Nous dit : « Je suis ta voix fraîchement revenue. »
Son enfant ! Ce portrait, cette âme, cette voix,
Qui passe devant nous comme on fut une fois ;
Quand on pense qu'il faut s'en détacher vivante,
Lui choisir une cage inconnue et savante,
Le conduire à la porte et dire : « Le voilà !
Prenez, moi, je m'en vais… » – C'est Dieu qui veut cela !

Croyez-vous ? Dieu veut donc que noyée en ma peine
Comme cette Madone assise à la fontaine,
Cachée en un vieux saule aux longs cheveux mouillés,
Ne pouvant plus mouvoir mes pieds las et souillés,
Je pleure, et d'un sanglot croyant troubler le monde,
J'appelle mon enfant pour que Dieu me réponde !
Mais la porte est déjà fermée à mon malheur,
Et tout dit à la femme : « Allez à la douleur ! »

J'y vais. Je n'ai rien dit, j'ai salué les maîtres ;
De la grande maison j'ai compté les fenêtres,
Parcouru le jardin sans verdure, sans fleurs.
Oui, c'est bien vrai, l'hiver est la saison des pleurs.
Les miens n'ont pas coulé de mon cœur gros d'alarme ;
J'ai vu partir mon fils sans verser une larme.

Il pâlissait, le pauvre, en me voyant partir !
Je souriais pourtant, j'essayais de mentir.
Dieu ! folle d'un chagrin que rien ne peut décrire,
Pour endurcir son cœur j'essayais de sourire !
Mais aux frissons épars dans mes membres tremblants,
J'ai senti que j'aurais bientôt des cheveux blancs.
Va ! je les aimerai. J'aimais ceux de ma mère.
Jeune encore, ils disaient son lot tendre et sévère,
Ses longs cheveux cendrés que je baisais toujours
Sans savoir que ce fût le livre de ses jours.
Tu baiseras les miens si l'amour me les donne.
Si tu sais où j'ai pris cette grave couronne,
Quand tu vivrais cent ans tu t'en ressouviendras,
Et par delà mes jours, toi, tu les béniras.
L'avait-il pressenti quand furtif, hors d'haleine,
Comme un agneau cherchant sa mère dans la plaine,
Il franchit sans frayeur un vieux mur entr'ouvert
Et bondit, pour m'atteindre, au sentier découvert,
(Tandis que le collège assoupi dans l'étude
L'avait laissé se battre avec la solitude)
Quand ses bras étendus revolèrent vers moi,
Et qu'il cria : « Je veux m'en aller avec toi ! »

Mais à peine arrivé jusqu'à l'eau du rivage,
Qu'ils sont vite accourus l'ôter à mon courage !
Car ils m'ont dit : « Courage ! » en m arrachant sa
main…
Et, sans savoir par où, j'ai repris mon chemin.

Quand on dira toujours que je suis trop heureuse ;
Qu'il aura de l'esprit ; que l'école est nombreuse ;
Que les enfants sont fiers d'y grandir loin de nous ;
Que je devrais bénir mon sort à deux genoux ; …
Ah ! j'y suis, à genoux, car l'angoisse est divine,

Et femme, je murmure, et mère, je m'incline.
Hélas, pour être mère on promet d'obéir,
Et mère on n'obéit qu'au risque de mourir !

Vous, du moins, Vierge blanche, immobile et
soumise,
Et seule, au bord de l'eau pensivement assise,
Les mains sur votre cœur, et vos yeux sur mes yeux,
Parlez-moi, Vierge mère, oh ! parlez-moi des cieux !
Parlez ! vous qui voyez tout ce que j'ai dans l'âme :
Vous en avez pitié puisque vous êtes femme.
Cet amour des amours qui m'isole en ce lieu,
Ce fut le vôtre ; eh bien ! parlez-en donc à Dieu !
Sans reproche, sans bruit, douce reine des mères,
Cachez dans vos pardons mes révoltes amères,
Couvrez-moi de silence, et relevez mon front
Baissé sous le chagrin comme sous un affront.

Voilà ce qui s'est fait par un jour de Décembre,
Mois sans soleil. Voilà ce que dans cette chambre
Où je n'entends gronder et gémir que mon cœur,
Devant l'heure qui vient et passe avec lenteur,
Je retrace de lui pour m'aider à l'attendre,
Jusqu'au jour, jour de vie ! où je pourrai l'entendre.
Devant mon jeune maître alors je me tairai :
Il parlera… mais moi, je le regarderai !

RÊVE INTERMITTENT D'UNE NUIT TRISTE

Ô champs paternels hérissés de charmilles
Où glissent le soir des flots de jeunes filles !

Ô frais pâturage où de limpides eaux
Font bondir la chèvre et chanter les roseaux !

Ô terre natale ! à votre nom que j'aime,
Mon âme s'en va toute hors d'elle-même ;

Mon âme se prend à chanter sans effort ;
A pleurer aussi, tant mon amour est fort !

J'ai vécu d'aimer, j'ai donc vécu de larmes ;
Et voilà pourquoi mes pleurs eurent leurs charmes.

Voilà, mon pays, n'en ayant pu mourir,
Pourquoi j'aime encore au risque de souffrir.

Voilà, mon berceau, ma colline enchantée,
Dont j'ai tant foulé la robe veloutée,

Pourquoi je m'envole à vos bleus horizons,
Rasant les flots d'or des pliantes moissons.

La vache mugit sur votre pente douce,
Tant elle a d'herbage et d'odorante mousse,

Et comme au repos appelant le passant,
Le suit d'un regard humide et caressant.

Jamais les bergers pour leurs brebis errantes
N'ont trouvé tant d'eau qu'à vos sources courantes.

J'y rampai débile en mes plus jeunes mois,
Et je devins rose au souffle de vos bois.

Les bruns laboureurs m'asseyaient dans la plaine
Où les blés nouveaux nourrissaient mon haleine.

Albertine aussi, sœur des blancs papillons,
Poursuivait les fleurs dans les mêmes sillons ;

Car la liberté toute riante et mûre
Est là, comme aux cieux, sans glaive, sans armure,

Sans peur, sans audace et sans austérité,
Disant : « Aimez-moi, je suis la liberté ! »

« Je suis le pardon qui dissout la colère,
Et je donne à l'homme une voix juste et claire.

« Je suis le grand souffle exhalé sur la croix
Où j'ai dit : « Mon père ! on m'immole, et je crois ! »

« Le bourreau m'étreint : je l'aime ! et l'aime encore,
Car il est mon frère, ô père que j'adore !

« Mon frère aveuglé qui s'est jeté sur moi,
Et que mon amour ramènera vers toi ! »

Ô patrie absente ! ô fécondes campagnes,
Où vinrent s'asseoir les ferventes Espagnes !

Antiques noyers, vrais maîtres de ces lieux,
Qui versez tant d'ombre où dorment nos aïeux !

Échos tout vibrants de la voix de mon père
Qui chantait pour tous : « Espère ! espère ! espère ! »

Ce chant apporté par des soldats pieux
Ardents à planter tant de croix sous nos cieux,

Tant de hauts clochers remplis d'airain sonore,
Dont les carillons les rappellent encore :

Je vous enverrai ma vive et blonde enfant,
Qui rit quand elle a ses longs cheveux au vent.

Parmi les enfants nés à votre mamelle,
Vous n'en avez pas qui soit si charmant qu'elle !

Un vieillard a dit en regardant ses yeux :
« Il faut que sa mère ait vu ce rêve aux cieux ! »

En la soulevant par ses blanches aisselles
J'ai cru bien souvent que j'y sentais des ailes !

Ce fruit de mon âme, à cultiver si doux,
S'il faut le céder, ce ne sera qu'à vous !

Du lait qui vous vient d'une source divine
Gonflez le cœur pur de cette frêle ondine.

Le lait jaillissant d'un sol vierge et fleuri
Lui paîra le mien qui fut triste et tari.

Pour voiler son front qu'une flamme environne
Ouvrez vos bluets en signe de couronne :

Des pieds si petits n'écrasent pas les fleurs,
Et son innocence a toutes leurs couleurs.

Un soir, près de l'eau, des femmes l'ont bénie,
Et mon cœur profond soupira d'harmonie.

Dans ce cœur penché vers son jeune avenir
Votre nom tinta prophète souvenir,

Et j'ai répondu de ma voix toute pleine
Au souffle embaumé de votre errante haleine.

Vers vos nids chantants laissez-la donc aller ;
L'enfant sait déjà qu'ils naissent pour voler.

Déjà son esprit, prenant goût au silence,
Monte où sans appui l'alouette s'élance,

Et s'isole, et nage au fond du lac d'azur
Et puis redescend le gosier plein d'air pur.

Que de l'oiseau gris l'hymne haute et pieuse
Rende à tout jamais son âme harmonieuse !...

Que vos ruisseaux clairs dont les bruits m'ont parlé,
Humectent sa voix d'un long rythme perlé !...

Avant de gagner sa couche de fougère,
Laissez-la courir, curieuse et légère,

Au bois où la lune épanche ses lueurs
Dans l'arbre qui tremble inondé de ses pleurs,

Afin qu'en dormant sous vos images vertes
Ses grâces d'enfant en soient toutes couvertes.

Des rideaux mouvants la chaste profondeur
Maintiendra l'air pur alentour de son cœur,

Et, s'il n'est plus là pour jouer avec elle,
De jeune Albertine à sa trace fidèle,

Vis-à-vis les fleurs qu'un rien fait tressaillir
Elle ira danser, sans jamais les cueillir,

Croyant que les fleurs ont aussi leurs familles
Et savent pleurer comme les jeunes filles.

Sans piquer son front vos abeilles, là-bas,
L'instruiront, rêveuse, à mesurer ses pas ;

Car l'insecte armé d'une sourde cymbale
Donne à la pensée une césure égale.

Ainsi s'en ira, calme et libre et content,
Ce filet d'eau vive au bonheur qui l'attend ;

Et d'un chêne creux la Madone oubliée
La regardera dans l'herbe agenouillée.

Quand je la berçais, doux poids de mes genoux !
Mon chant, mes baisers, tout lui parlait de vous,

Ô champs paternels, hérissés de charmilles
Où glissent, le soir, des flots de jeunes filles.

Que ma fille monte à vos flancs ronds et verts,
Et soyez béni, doux point de l'Univers !

ONDINE À L'ÉCOLE

Vous entriez, Ondine, à cette porte étroite,
Quand vous étiez petite, et vous vous teniez droite ;
Et quelque long carton sous votre bras passé
Vous donnait on ne sait quel air grave et sensé
Qui vous rendait charmante. Aussi, votre maîtresse
Vous regardait venir, et fière avec tendresse,
Opposant votre calme aux rires triomphants,
Vous montrait pour exemple à son peuple d'enfants ;
Et du nid studieux l'harmonie argentine
Poussait à votre vue : « Ondine ! Ondine ! Ondine ! »
Car vous teniez déjà votre palme à la main,
Et l'ange du savoir hantait votre chemin.

Moi, penchée au balcon qui surmontait la rue,
Comme une sentinelle à son heure accourue,
Je poursuivais des yeux mon mobile trésor,
Et disparue enfin je vous voyais encor.
Vous entraîniez mon âme avec vous, fille aimée,
Et je vous embrassais par la porte fermée.

Quel temps ! De tous ces jours d'école et de soleil
Qui hâtaient la pensée à votre front vermeil,
De ces flots de peinture et de grâce inspirée,
L'âme sort-elle heureuse, ô ma douce lettrée ?
Dites si quelque femme avec votre candeur
En passant par la gloire est allée au bonheur !...

Oh ! que vous me manquiez, jeune âme de mon âme !
Quel effroi de sentir s'éloigner une flamme
Que j'avais mise au monde, et qui venait de moi,
Et qui s'en allait seule : Ondine ! quel effroi !

Oui, proclamé vainqueur parmi les jeunes filles,
Quand votre nom montait dans toutes les familles,
Vos lauriers m'alarmaient à l'ardeur des flambeaux :
Ils cachaient vos cheveux que j'avais faits si beaux !
Non, voile plus divin, non, plus riche parure
N'a jamais d'un enfant ombragé la figure.
Sur ce flot ruisselant qui vous gardait du jour
Le poids d'une couronne oppressait mon amour.
Vos maîtres étaient fiers et moi j'étais tremblante ;
J'avais peur d'attiser l'auréole brûlante,
Et, troublée aux parfums de si précoces fleurs,
Vois-tu ! j'en ai payé l'éclat par bien des pleurs.
Comprends tout… J'avais vu tant de fleurs
consumées !
Tant de mères mourir, de leur amour blâmées !
Ne sachant bien qu'aimer je priais Dieu pour vous,
Pour qu'il te gardât simple et tendre comme nous ;
Et toi tu souriais intrépide à m'apprendre
Ce que Dieu t'ordonnait, ce qu'il fallait comprendre.
Muse, aujourd'hui, dis-nous dans ta pure candeur
Si Dieu te l'ordonnait du moins pour ton bonheur ?

L'ÂME ERRANTE

Je suis la prière qui passe
Sur la terre où rien n'est à moi ;
Je suis le ramier dans l'espace,
Amour, où je cherche après toi.
Effleurant la route féconde,
Glanant la vie à chaque lieu,
J'ai touché les deux flancs du monde
Suspendue au souffle de Dieu.

Ce souffle épura la tendresse
Qui coulait de mon chant plaintif
Et répandit sa sainte ivresse
Sur le pauvre et sur le captif.
Et me voici louant encore
Mon seul avoir, le souvenir,
M'envolant d'aurore en aurore
Vers l'infinissable avenir.

Je vais au désert plein d'eaux vives
Laver les ailes de mon cœur,
Car je sais qu'il est d'autres rives
Pour ceux qui vous cherchent, Seigneur !
J'y verrai monter les phalanges
Des peuples tués par la faim,
Comme s'en retournent les anges,
Bannis, mais rappelés enfin…

Laissez-moi passer, je suis mère ;
Je vais redemander au sort
Les doux fruits d'une fleur amère,
Mes petits volés par la mort.

Créateur de leurs jeunes charmes,
Vous qui comptez les cris fervents,
Je vous donnerai tant de larmes
Que vous me rendrez mes enfants !

RETOUR DANS UNE ÉGLISE

Église ! église où de mon âme,
Moitié de pleurs, moitié de flamme,
Et prompt comme l'eau de la mer,
Coula le flot le plus amer ;

Église où ma jeunesse blonde,
Craintive ensemble et vagabonde,
Attirée aux chants du saint lieu,
N'accourait pas toute vers Dieu !

Église où chaque dalle usée,
D'un tendre poids scandalisée,
Dénonça deux ans, jour par jour,
Des pas que rejoignait l'amour !

Église où mon heure allait vite
Pour rencontrer à l'eau bénite
Une autre âme que j'y voyais,
Une main qu'ailleurs je fuyais !

Église vainement austère,
Où le doux encens de la terre,
Ruisselant sur mes longs cheveux,
Égarait le cours de mes vœux ;

Église où mon humble famille,
Moins morte aux soupirs de sa fille,
Planait sur mon sort combattu
Et criait dans l'air : « Que veux-tu ? »

Le savais-je, ô Dieu de mon père ?
Où va-t-on vers ce qu'on espère ?
Où fuit-on l'ombre de ses pas ?…
Dieu ! savais-je où l'on n'aime pas !

Dieu des larmes, le sais-je encore ?
Je n'ai su qu'un mal qui dévore,
Un mal dont on n'ose souffrir,
Ni vivre, ô mon Dieu, ni mourir.

Église, église, ouvrez vos portes
Et vos chaînes douces et fortes
Aux élancements de mon cœur
Qui frappe à la grille du chœur.

Ouvrez ! Je ne suis plus suivie
Que par moi-même et par la vie
Qui fait chanceler sous son poids
Mon âme et mon corps à la fois.

Ouvrez ! Je suis triste et blessée,
Seule sous mon aile abaissée ;
Il n'est plus de pas sur mes pas,
Ni d'âme qui me parle bas.

Ouvrez ! à mon sort sans patrie,
Flottant comme une algue flétrie ;
Des deux voix tendres d'autrefois
Vous n'entendrez plus qu'une voix !

LES SANGLOTS

À Pauline Duchambge

Ah ! l'enfer est ici ; l'autre me fait moins peur :
Pourtant le purgatoire inquiète mon cœur.

On m'en a trop parlé pour que ce nom funeste
Sur un si faible cœur ne serpente et ne reste ;

Et quand le flot des jours me défait fleur à fleur,
Je vois le purgatoire au fond de ma pâleur.

S'ils ont dit vrai, c'est là qu'il faut aller s'éteindre,
Ô Dieu, de toute vie avant de vous atteindre !

C'est là qu'il faut descendre et sans lune et sans jour,
Sous le poids de la crainte et la croix de l'amour,

Pour entendre gémir les âmes condamnées,
Sans pouvoir dire : « Allez, vous êtes pardonnées ! »

Sans pouvoir les tarir, ô douleur des douleurs !
Sentir filtrer partout les sanglots et les pleurs ;

Se heurter dans la nuit des cages cellulaires
Que nulle aube ne teint de ses prunelles claires ;

Ne savoir où crier au sauveur méconnu :
« Hélas ! mon doux Sauveur, n'étiez-vous pas venu ? »

Ah ! j'ai peur d'avoir peur, d'avoir froid ; je me cache
Comme un oiseau tombé qui tremble qu'on l'attache.

Je rouvre tristement mes bras au souvenir…
Mais c'est le purgatoire et je le sens venir !

C'est là que je me rêve après la mort menée,
Comme une esclave en faute au bout de sa journée,

Cachant sous ses deux mains son front pâle et flétri,
Et marchant sur son cœur par la terre meurtri.

C'est là que je m'en vais au-devant de moi-même,
N'osant y souhaiter rien de tout ce que j'aime.

Je n'aurai donc plus rien de charmant dans le cœur
Que le lointain écho de leur vivant bonheur.

Ciel ! où m'en irai-je
Sans pieds pour courir !
Ciel ! où frapperai-je
Sans clé pour ouvrir ?

Sous l'arrêt éternel repoussant ma prière
Jamais plus le soleil n'atteindra ma paupière,

Pour l'essuyer du monde et des tableaux affreux
Qui font baisser partout mes regards douloureux.

Plus de soleil ! Pourquoi ? Cette lumière aimée
Aux méchants de la terre est pourtant allumée.

Sur un pauvre coupable à l'échafaud conduit
Comme un doux : « Viens à moi ! » l'orbe s'épanche
et luit.

Plus de feu nulle part ! Plus d'oiseaux dans l'espace !
Plus d'Ave Maria dans la brise qui passe.

Au bord des lacs taris plus un roseau mouvant,
Plus d'air pour soutenir un atome vivant.

Ces fruits que tout ingrat sent fondre sous sa lèvre,
Ne feront plus couler leur fraîcheur dans ma fièvre ;

Et de mon cœur absent qui viendra m'oppresser
J'amasserai les pleurs sans pouvoir les verser.

Ciel ! où m'en irai-je
Sans pieds pour courir ?
Ciel ! où frapperai-je
Sans clé pour ouvrir ?

Plus de ces souvenirs qui m'emplissent de larmes,
Si vivants que toujours je vivrais de leurs charmes ;

Plus de famille au soir assise sur le seuil,
Pour bénir son sommeil chantant devant l'aïeul ;

Plus de timbre adoré dont la grâce invincible
Eût forcé le néant à devenir sensible !

Plus de livres divins comme effeuillés des cieux,
Concerts que tous mes sens écoutaient par mes yeux.

Ainsi, n'oser mourir quand on n'ose plus vivre,
Ni chercher dans la mort un ami qui délivre !

Ô parents ! pourquoi donc vos fleurs sur nos berceaux
Si le ciel a maudit l'arbre et les arbrisseaux ?

Ciel ! où m'en irai-je
Sans pieds pour courir ?
Ciel ! où frapperai-je
Sans clé pour ouvrir ?

Sans la croix qui s'incline à l'âme prosternée,
Punie après la mort du malheur d'être née !

Mais quoi, dans cette mort qui se sent expirer,
Si quelque cri lointain me disait d'espérer !

Si dans ce ciel éteint quelque étoile pâlie
Envoyait sa lueur à ma mélancolie !

Sous ses arceaux tendus d'ombre et de désespoir,
Si des yeux inquiets s'allumaient pour me voir !

Ah ! ce serait ma mère intrépide et bénie
Descendant réclamer sa fille assez punie !

Oui ! ce sera ma mère ayant attendri Dieu,
Qui viendra me sauver de cet horrible lieu,

Et relever au vent de la jeune espérance
Son dernier fruit tombé mordu par la souffrance.

Je sentirai ses bras si doux, si beaux, si forts,
M'étreindre et m'enlever dans ses puissants efforts ;

Je sentirai couler dans mes naissantes ailes
L'air pur qui fait monter les libres hirondelles,

Et ma mère en fuyant pour ne plus revenir
M'emportera vivante à travers l'avenir !

Mais, avant de quitter les mortelles campagnes,
Nous irons appeler des âmes pour compagnes.

Au fond du champ funèbre où j'ai mis tant de fleurs,
Nous abattre aux parfums qui sont nés de mes pleurs ;

Et nous aurons des voix, des transports et des flammes,
Pour crier : « Venez-vous ! » à ces dolentes âmes.

« Venez-vous vers l'été qui fait tout refleurir
Où nous allons aimer sans pleurer, sans mourir !

Venez, venez voir Dieu ! nous sommes ses colombes ;
Jetez là vos linceuls, les cieux n'ont plus de tombes ;

Le sépulcre est rompu par l'éternel amour :
Ma mère nous enfante à l'éternel séjour ! »

UNE NUIT DE MON ÂME

Par un rêve dont la flamme
Éclairait mes yeux fermés,
La nuit emporta mon âme
Où dorment nos morts aimés.
Sous ma fervente lumière
Le sol tressaille et se fend,
Et je ressaisis ma mère
Qui renaît pour son enfant !

« Tu viens donc ! » dit la chère ombre
Dont la voix m'ouvre le cœur ;
« Tu sais donc qu'en ce lieu sombre
Tout spectre attend le bonheur ?
Viens, ne crains pas leur silence
Ni leurs yeux ouverts sans voir,
Le sommeil qui les balance
N'a de vivant que l'espoir.

L'espoir, ô ma bien-aimée,
Sève qui remonte à Dieu,
Vigne errante et parfumée
Qui fleurit, même en ce lieu ;
L'espoir, cette étreinte immense
Qui joint tous les univers,
Ne sens-tu pas qu'il commence
D'unir au moins nos revers ?

Comme aux chaleurs d'une serre
L'homme fait germer ses fleurs,
Le trépas qui nous enserre
Ici fait germer nos cœurs.

À travers le dernier voile
Tendu sur l'autre avenir
Nous voyons la double étoile
De l'aube et du souvenir.

Que de sources éternelles
Dans ces lointains toujours beaux !
Que d'arbres aux fleurs nouvelles
Sur ces routes sans tombeaux !
Vois que d'immortelles vies
Te recevront avec moi :
Vois que de mères suivies
D'enfants aimés comme toi !

Sous une forme reprise
Et qui nous ressemblera,
Avec un cri de surprise
Chacun se reconnaîtra.
« Quoi, c'est lui ! c'est toi ! c'est elle ! »
Retentira de partout,
Et l'on proclamera belle
La mort vivante et debout !

Jette donc loin tes colères
Contre d'innocents ingrats ;
Le flambeau dont tu t'éclaires
Te voit si tendre en mes bras.
Cesse d'essayer la haine,
Faite pour la mépriser :
C'est perdre à river ta chaîne
La force de la briser.

Adieu, fille de mes larmes,
Revue à force d'amour.

Quand le temps rompra ses armes,
Tu me suivras au grand jour.
A ton épreuve asservie,
Va plaindre les plus souffrants,
Et pour gagner l'autre vie,
Retourne avec les mourants. »

L'ombre alors pressa ma lèvre
D'un baiser lent et profond,
Qui d'une indicible fièvre
Fait encor battre mon front.
Montez, mon humble courage,
Sous les insultes du sort :
J'irai plus haut que l'orage
Dans les ailes de la mort !

Pleurez ! comptez les noms des bannis de la France ;
L'air manque à ces grands cœurs où brûle tant
d'espoir.
Jetez la palme en deuil au pied de leur souffrance ;
Et passons : les geôliers seuls ont droit de les voir !
Passons : nos bras pieux sont sans force et sans
armes ;
Nous n'allons point traînant de fratricides vœux ;
Mais, femmes, nous portons la prière et les larmes,
Et Dieu, le Dieu du peuple, en demande pour eux.
Voyez vers la prison glisser de saintes âmes ;
Salut ! vous qui cachez vos ailes ici-bas ;
Sous vos manteaux mouillés et vos pâleurs de femmes,
Que de cendre et de boue ont entravé vos pas !
Salut ! vos yeux divins rougis de larmes vives
Reviennent se noyer dans ce monde étouffant ;
Vous errez, comme alors, au Jardin des Olives ;
Car le Christ est en peine et Judas triomphant.
Oui, le Christ est en peine ; il prévoit tant de crimes !
Lui dont les bras cloués ont brisé tant de fers !
Il revoit dans son sang nager tant de victimes,
Qu'il veut mourir encor pour fermer les enfers !
Courez, doux orphelins, montez dans la balance ;
Priez pour les méchants qui vivent sans remords ;
Rachetez les forfaits des pleurs de l'innocence,
Et dans un flot amer lavez nos pauvres morts !
Et nous, n'envoyons plus à des guerres impies
Nos fils adolescents et nos drapeaux vainqueurs ;
Avons-nous amassé nos pieuses charpies
Pour les baigner du sang le plus pur de nos cœurs !

Pitié ! nous n'avons plus le temps des longues
haines :
La haine est basse et sombre ; il fait jour ! il fait jour !
Ô France ! il faut aimer, il faut rompre les chaînes,
Ton Dieu, le Dieu du peuple, a tant besoin d'amour !

LA COURONNE EFFEUILLÉE

J'irai, j'irai porter ma couronne effeuillée
Au jardin de mon père où revit toute fleur ;
J'y répandrai longtemps mon âme agenouillée :
Mon père a des secrets pour vaincre la douleur.

J'irai, j'irai lui dire, au moins avec mes larmes :
« Regardez, j'ai souffert… » il me regardera,
Et sous mes jours changés, sous mes pâleurs sans
charmes,
Parce qu'il est mon père il me reconnaîtra.

Il dira : « C'est donc vous, chère âme désolée !
La terre manque-t-elle à vos pas égarés ?
Chère âme, je suis Dieu : ne soyez plus troublée ;
Voici votre maison, voici mon cœur, entrez ! »

Ô clémence ! ô douceur ! ô saint refuge ! ô Père !
Votre enfant qui pleurait vous l'avez entendu !
Je vous obtiens déjà puisque je vous espère
Et que vous possédez tout ce que j'ai perdu.

Vous ne rejetez pas la fleur qui n'est plus belle,
Ce crime de la terre au ciel est pardonné.
Vous ne maudirez pas votre enfant infidèle,
Non, d'avoir rien vendu, mais d'avoir tout donné.

RENONCEMENT

Pardonnez-moi, Seigneur, mon visage attristé,
Vous qui l'aviez formé de sourire et de charmes ;
Mais sous le front joyeux vous aviez mis les larmes,
Et de vos dons, Seigneur, ce don seul m'est resté.

C'est le moins envié, c'est le meilleur peut-être :
Je n'ai plus à mourir à mes liens de fleurs.
Ils vous sont tous rendus, cher auteur de mon être,
Et je n'ai plus à moi que le sel de mes pleurs.

Les fleurs sont pour l'enfant, le sel est pour la femme ;
Faites-en l'innocence et trempez-y mes jours.
Seigneur, quand tout ce sel aura lavé mon âme,
Vous me rendrez un cœur pour vous aimer toujours !

Tous mes étonnements sont finis sur la terre,
Tous mes adieux sont faits, l'âme est prête à jaillir ;
Pour atteindre à ses fruits protégés de mystère
Que la pudique mort a seule osé cueillir.

Ô Sauveur ! Soyez tendre au moins à d'autres mères,
Par amour pour la vôtre et par pitié pour nous !
Baptisez leurs enfants de nos larmes amères,
Et relevez les miens tombés à vos genoux !

OUVREZ AUX ENFANTS

Les enfants sont venus vous demander des roses,
Il faut leur en donner.
– Mais les petits ingrats détruisent toutes choses…
– Il faut leur pardonner.

Tout printemps est leur fête, et tout jardin leur table ;
Qu'ils prennent à loisir !
Ils nous devront du moins, souvenir délectable !
D'avoir eu du plaisir !

Demain nous glanerons les roses répandues,
Trésor du jardin vert ;
Ces haleines d'été ne seront pas perdues
Pour embaumer l'hiver.

Ouvrez-donc aux enfants qui demandent des roses :
Il faut leur en donner ;
Et si l'instinct les pousse à briser toutes choses,
Il faut leur pardonner !

LA PETITE PLEUREUSE, À SA MÈRE

On gronde l'enfant
À qui l'on défend
De pleurer quand bon lui semble ;
On dit que les fleurs
Sèchent bien des pleurs…
Tu mêles donc tout ensemble ?

Oui, maman, je t'ai vue avec ton air joyeux,
Le rire sur la bouche et les larmes aux yeux.

Au bal, sous ses bouquets, j'ai vu pleurer ma mère.
J'ai baisé cette larme, elle était bien amère.

Viens, que je te console. Avais-tu trop dansé ?
Moi, je ne gronde pas ! Moi, quand mon pied lassé
Me défend d'être bien aise,
L'ennui qui me prend
M'arrête en courant,
Et je m'endors sur ma chaise.

Oh ! si je viens encor pleurer sur tes genoux,
Maman, ne me dis plus : « Vous n'êtes pas gentille ! »
Dansons, quand nous pouvons, ou pleurons entre nous,
Mais ne nous grondons pas : vois-tu, je suis ta fille,
Et je t'aime, et je vais prier Dieu tous les jours
De m'égayer beaucoup pour t'égayer toujours !

Embrasse donc bien fort ta petite chérie,
Et jamais, plus jamais, ne dis : « vous »… je t'en prie !
Ainsi consolons-nous et donnons-nous la main :
Si nous pleurons ce soir, va ! nous rirons demain !

L'OISEAU

L'oiseau

Bonjour, la jeune fille !
Que fais-tu dans mon bois ?
Es-tu de ma famille ?
On dirait qu'autrefois
J'ai chanté dans ta voix…

Moi, je nais. Vite, vite,
De la mousse, un berceau ;
Il faut que je m'acquitte
Par ce temps clair et beau
De mes devoirs d'oiseau.

La jeune fille

Bonjour, oiseau ! Je pense
Me reconnaître ici ;
Mais les fleurs, mais la danse
Me tiennent en souci…
J'ai mes devoirs aussi !

Danser, chanter et vivre,
On n'en vient pas à bout.
Croit-on que sans un livre
On n'apprend rien du tout ?
Pour moi j'apprends partout !

L'oiseau

Bravo, la jeune fille !
Viens souvent dans mon bois ;
Nous vivrons en famille
Chantant tous à la fois
Avec la même voix.

Voler de fête en fête
Sous les cieux éclatants,
C'est à fendre la tête ;
Et l'on n'a pas le temps
De jouir du printemps !

LE SOLEIL LOINTAIN

À Madame Marie d'Agoult

Quand vous m'avez écrit tout ce que femme ou mère
Écrira de plus doux,
Je me plaignais, Madame, à cette vie amère :
Je lui parlais de vous ;

De vous dont l'esprit pur, dont la grâce rêveuse,
Dont les regards charmants
Ont versé leurs rayons sur moi, pâle couveuse
D'immobiles tourments.

Triste, je demandais à la force voilée
Qui nous plie à genoux,
Pourquoi, presque divine, ô jeune âme étoilée,
Vous pleurez comme nous.

Elle aussi, lui disais-je, elle aussi, sous ses roses,
Sous ses longs cheveux d'or,
A l'heure où le sommeil assoupit toutes choses,
Demande si l'on dort !

Elle aussi, quand la lune argente sa fenêtre,
Cherche son heure au ciel ;
Et, quand tous les plaisirs semblent l'avoir fait naître,
Dit que naître est cruel.

Pourquoi souffler en nous, argile sans pensée,
La pensée et le jour,

Pour nous détruire ainsi, l'âme à tout coup blessée
Par la mort et l'amour ?

Ô vie ! ô fleur d'orage ! ô menace ! ô mystère !
Ô songe aveugle et beau !
Réponds : Ne sais-tu rien en passant sur la terre
Que ta route au tombeau ?

– « Ingrate, a dit la vie, à qui donc l'espérance,
Fruit divin de ma fleur ?
Vous retournerez-vous vers un jour de souffrance,
Dans l'éternel bonheur ?

« Si vous n'entendez pas tant de voix éternelles,
Que sert de vous parler ?
Vos pieds sont las, pliez ! Dieu vous mettra des ailes,
Et vous pourrez voler.

« De vos fronts consternés, mères inconsolables,
Les cyprès tomberont,
Quand pour vous emmener, messagers adorables,
Vos enfants descendront.

« Vos sanglots se perdront dans de longs cris de joie,
Quand vous verrez la mort
Bercer aux pieds de Dieu son innocente proie,
Comme un agneau qui dort.

« La mort, qui reprend tout, sauve tout sous ses ailes,
Sa nuit couve le jour.
Elle délivre l'âme, et les âmes entre elles
Savent que c'est l'amour ! »

Ainsi, Madame, allons ! L'augure a trop de charmes
Pour n'être pas certain :
Allons ! Et dans la nuit tournons nos yeux en larmes
Vers le soleil lointain !

L'AMIE

Quand mon ombre au soleil tremble seule et s'incline,
Quand je cherche des pas à l'entour de mes pas,
Quand j'écoute attentive, et que je dis tout bas :
« Personne ! » une jeune ombre éternelle, divine,
Se lève et me répond : « Me voici, Marceline ! »

« Ne dis jamais : personne ! où l'abandon te prend.
Si tu montes vers Dieu, je suis sur la colline ;
Si tu descends en pleurs, je descends en pleurant. »
– Et mon âme s'écrie : « Oh ! bonsoir, Albertine ! »

LE BANNI

Les toits étaient dorés par le couchant ;
D'heureux enfants jouaient dans la poussière,
Et d'une église où tintait la prière,
La brise, au loin, portait le dernier chant.

Sur le chemin à tous libre et splendide,
Un homme seul errait triste et livide ;
Cet homme étrange avait peine à courir,
Et peine à vivre… et peut-être à mourir.
Son œil voilé jetait un feu farouche ;
D'ardents soupirs par force ouvraient sa bouche ;
Quelqu'un, l'osant, eût crié : « Qu'avez-vous ? »
Mais il craignait la charité de tous.
De tous… oh ! non, peu regardaient cette âme
Passer traînant son orageuse flamme,
Comme voulant entre le sol et l'air
Glisser furtive et pareille à l'éclair.
La terre est longue à toute âme exilée,
Fuyant son nom de vallée en vallée.
Rien sur son corps ne tient que par lambeaux ;
S'il va s'asseoir c'est auprès des tombeaux.
Qu'a-t-il donc fait ? Qu'en a-t-on su ?… Qu'importe !…
Son dur pays qui lui ferme la porte
Le sait-il mieux ? Le plus sûr aujourd'hui,
C'est de prier pour son juge et pour lui.
Dieu les attend et tous les deux sont frères,
Dieu tient la clé de terribles mystères.
Sa loi n'est pas l'éternelle rigueur :
Dieu fit l'amour, l'homme en a fait l'erreur.

Ayant franchi le carrefour qui crie,
Une humble voix a dit : « Je vous en prie !
« Faites l'aumône à mon destin voilé,
« Et dans vos maux vous serez consolé.
« Vous verrez l'heure à sa douce lumière :
« De toute joie, hélas ! c'est la première !
« Voyez ! voyez ! et que Dieu sur vos pas
« Sème les biens que nous ne voyons pas ! »

Et l'homme étrange a tressailli dans l'ombre ;
Et l'eau divine a mouillé son œil sombre,
Cette eau du cœur qui lave le remords
Comme une pluie a relevé son corps.
Il a donné ! Le pauvre a fait l'aumône ;
Et l'autre pauvre a béni qui lui donne ;
Et le voyant, au son de cette voix,
A cru rentrer dans son libre autrefois.
Tout parcouru par cette voix bénie
Il jurerait que sa peine est finie.
Pour une larme, hélas ! pour un grain d'or,
Dieu permet donc qu'on le salue encor !

« La voix, dit-il, parle comme ma mère !
Elle a rompu pour moi la mort amère,
Et remué comme un petit enfant
Le vieux banni dans l'exil étouffant.
Merci, ma mère ! » Et le banni se couche
Sous le nom pur qui rassainit sa bouche.

Ô vieille mère ! aumône de l'amour !
Voilà ton fils doux comme au premier jour !

Pièce isolée

Vous le disiez déjà dans votre temps prospère,
Oui : « Les cœurs de lions sont les vrais cœurs de
père. »
Hélas ! vous le savez par vous-même aujourd'hui,
Vous, père comme l'autre, et lion comme lui !

Aussi d'être écoliers dès qu'ils ont un peu l'âge,
Poussés par leur instinct que l'on croit si volage,
Ne lisant rien en vain, n'aimant rien à demi,
Tous les petits Français demandent leur ami.

Victor Hugo, ma mère, est-il loin de l'école ?
Nous voulons aller tous lui porter la parole,
Entrer dans sa maison et lui dire : bonjour !
Mais depuis comme un siècle il n'est pas de retour.

Votre maison sans voix paraît toute vidée,
Sans feu – sans habitant – morne et comme ridée.
Nul bruit n'en sort joyeux ni joyeuses couleurs.
Plus de sonnette au mur, au balcon plus de fleurs.

La musique est partie ? Où s'en est-elle allée ?
Et de ses bals d'enfants la rieuse assemblée
Qu'il laissait se répandre et regarder partout ?
Elle a peur et la rue est triste jusqu'au bout.

On ne retrouve plus jamais de porte ouverte,
Au seuil où rien ne passe il croît de l'herbe verte ;
On frappe sur la vitre… On appelle bien fort :
Mère ? Il voyage donc toujours, ce grand Victor ?

– Oui, mes fils, il voyage. Il fait le tour du monde,
Son pied laisse partout une empreinte profonde.
Comme le grand Semeur qui creusa les sillons
Et prépare la vie aux futurs oisillons,

Jusque dans les déserts il va, semant son âme,
Ouvrir l'œil à l'aveugle et lui souffler sa flamme.
Avant que Dieu le rende à son foyer sacré
Où voulez-vous courir vers cet homme adoré ?

Guidant avec effort un reste de famille,
Il n'est bien nulle part… Il a perdu sa fille !
Les pauvres l'ont perdu, les vieux qu'il allait voir,
On peut leur demander s'il a fait son devoir !

Errant sous un orage aussi haut que lui-même,
Tendre comme une mère au faible enfant qu'il aime,
Ce qu'il honore ici de son loyal amour,
Il le cherche des yeux comme on cherche le jour.

Pour planter un jeune arbre à la verte espérance
Il s'est fait envoyer de la terre de France ;
Un coin de son berceau dans sa vaste prison,
Un lierre des forêts qui bordent l'horizon.

Partout leur souffle absent le poursuit et l'altère.
Il tire à lui nos cœurs faits de la même terre.
Il a soif de nos voix qui louangeaient ses jours.
Oh ! les échos natals nous tourmentent toujours !

– « Est-ce qu'il pense à nous dans sa mélancolie ?
– « Grand Dieu ! ne croyez pas qu'un tel cœur nous oublie.

Nous sommes tous errants devant ses longs regards ;
La nuit nous porte en foule à ses songes épars ;

Tout lui fait signe : il voit !… La belle ville absente
S'ouvre au loin lumineuse à sa voix gémissante ;
Son âme étreint la tombe avide de ses pleurs,
Et son sommeil de père en respire les fleurs :

Mais l'homme se réveille… et la tête baissée
Il perd tout… pleure tout des yeux de la pensée !
– « Quand nous aurons quinze ans s'il n'est pas revenu,
Nous irons le chercher au rivage inconnu.

Des palmes dans nos mains pour lui faire de l'ombre,
Et rafraîchir son front qui ne sera plus sombre,
Ah ! ma mère ! ma mère, il fera beau nous voir
Criant : « Venez ! Venez ! nous voulons le revoir. »

Libres comme le vent, légers comme les chèvres,
Son doux nom dans le cœur et ses beaux vers aux lèvres,
En poussant devant nous ceux qui ne pensent pas,
Nous ferons avancer leurs âmes et leurs pas !

Et nous serons cent mille ! Et puis sa chère France
Qui lui tendra son sein, dont il est la souffrance,
Mais ce n'est pas sa faute !… Elle l'appellera,
Et pour la consoler, ce fils, il reviendra !

Et l'on ne tuera plus personne… Non, ma mère,
Nous avons trop pleuré sur cette page amère.
Nous ne tuerons jamais ! le bon Dieu le défend.
Et lui, l'enseigne à l'homme aussi bien qu'à l'enfant. »

– Alors, nous écoutons dans ces voix argentines,
Tout ce qui s'éleva d'amour aux Feuillantines.
L'enfant le lit tout haut pour apprendre à bénir,
Et Dieu répond : Je veille ! Il va bientôt venir.

Notes

Les poèmes sont donnés dans l'ordre chronologique des recueils, et dans l'ordre où ils apparaissent au sein de chaque recueil. Nous ne signalons pas systématiquement les premières publications en revues. Nous plaçons en fonction de leur date probable ou certaine d'écriture les quelques poèmes non publiés en recueils et nous l'indiquons dans les notes, où ils sont signalés par une astérisque*. Afin d'offrir un plus large choix, nous avons dû nous résoudre à opérer des coupes dans certains poèmes longs, signalées par des points de suspension entre crochets [...]. L'état du texte est, sauf précision contraire, le dernier publié du vivant de l'auteure, intégrant quelques corrections manuscrites qu'elle a portées sur ses volumes. Nous modernisons l'orthographe.

Poésies de 1830

Ce titre désigne une édition parue simultanément en deux volumes in-8° et trois volumes in-16 chez Boulland. Elle reprend dans leur quasi totalité les poèmes publiés dans les recueils de 1819, 1820, 1822 et 1825 (14 seulement sont abandonnés) et leur ajoute 64 pièces nouvelles (*Poésies inédites*, constituant le troisième tome de l'édition in-16). Plutôt que de suivre la tradition qui adopte l'ordre de cette édition où les poèmes sont classés par genres, nous les donnons dans l'ordre chronologique de leur première publication en recueil, qui permet mieux de percevoir, au sein d'une production qui s'étale sur plus de quinze ans, et dans une période de grand renouvellement de la poésie française, l'évolution d'une écriture. L'état du texte est celui de 1830, sauf pour le premier poème.

Je vous écris (1813)

Cette romance, qu'on a longtemps tenue pour la première imprimée par Marceline Desbordes, a paru en 1813 dans *Le Chansonnier des Grâces*. Elle est reprise dans les recueils de 1819, 1820, 1822 et 1830 sous un autre titre (*Le Billet*) avec des variantes importantes. À titre exceptionnel, nous donnons ce premier état du texte (reproduit par F. Ambrière dans *Le Siècle des Valmore*) comme témoignant d'une première manière. On y trouve, venus du genre alors très à la mode de la romance, des traits caractéristiques : la parole adressée, le présent, l'amour dans l'absence, la douleur de la séparation, la tension entre doute et don, avec l'emploi d'une strophe « à rentrement ». On peut supposer que la poète s'adresse à Eugène Debonne avec qui elle a vécu à Rouen plus de quatre ans et dont elle a eu un enfant, avant de s'en séparer volontairement devant l'hostilité de la très bourgeoise famille Debonne à leur mariage.

La nuit d'hiver (1819)

La traduction française en prose des *Nuits* de Young, en 1769, a popularisé le thème de la nuit. Son traitement ici fait penser aux *Nuits* de Musset (1835-1837). Mais la visite de l'inspiration et le conflit entre amour et poésie s'écrivent différemment depuis une position féminine, la Muse paraît plus familière.

Le soir (1819)

Publiée pour la première fois en 1815, cette romance a été mise en musique par différents musiciens dont Garat et Lélu et, en 1841, par Saint-Saëns tout enfant.

L'exilé (1819)

L'énumération dans un geste de don passera chez Verlaine (*Green*). L'exil est obsédant chez Desbordes-Valmore, thème politique et métaphore de la position du sujet, comme femme et comme poète. « Tu n'acceptais pas ton exil », écrit Banville dans « Celle qui chantait » (*Les Exilés*).

Le réveil créole (1819)

Publié dans les éditions de 1819 et 1820, non repris ensuite. La « traduction » française (*Le réveil*), plus banale, figure dans les recueils de 1822 et 1830. Pendant son bref séjour aux Antilles, Marceline Desbordes adolescente a commencé à apprendre le créole. Il y a eu à la fin du XVIIIe siècle une mode des « poètes créoles », mais une telle tentative de transcription d'un *parler*, sous la plume d'une poète qui n'est pas originaire des îles, est rare. Le détour de l'altérité permet de dire plus audacieusement le désir au féminin (en 1820, au v. 12, « pendant nous fait l'amour » est remplacé par « quand nous causer d'amour »).

La prière perdue (1820)

En 1821, rendant compte du recueil dans *Le Conservateur littéraire*, le jeune Hugo voit dans le premier vers un « hémistiche dur » (*inexplicable cœur*) parmi des vers « constamment harmonieux », sensible à un consonantisme alors exceptionnel dans la poésie française. Verlaine, dans la deuxième série des *Poètes Maudits* (1886) fait l'éloge de ce même vers et du poème : « si quelque chose est de la passion bien exprimée autant que par les meilleurs élégiaques, c'est bien ceci ». Aragon, présentant *L'Atelier d'un peintre* dans *Les Lettres françaises* (1949-1950), cite le vers 4 : « qui peut lire ce vers sans la comprendre ? Parce qu'il est un des plus touchants, il est pour moi un des plus beaux de la poésie française. »

Les regrets (1820)

Marie-Eugène, son fils, est mort à Bruxelles, en 1816 à l'âge de cinq ans, alors que Marceline Desbordes est engagée au théâtre de la Monnaie. Les vers sur la perte d'un enfant sont nombreux chez les romantiques. La poète enfreint d'autant plus les règles de la pudeur imposées aux femmes que, dans un livre signé de son double nom, elle assume publiquement un enfant illégitime, né et mort avant son mariage avec Prosper Valmore.

La nuit (1822)

Ce poème est d'abord classé parmi les idylles, genre poétique en vogue au tournant des XVIIIe-XIXe siècles. Mais en dépit de son cadre naturel, il s'éloigne des conventions du genre et s'attache surtout à saisir un moment d'attente troublée. Desbordes-Valmore va délaisser progressivement ces classifications par genres que le romantisme a rendues vides de sens.

Élégie (« *J'étais à toi...* », 1822)

Yves Bonnefoy invite, pour saisir la conquête par Desbordes-Valmore de « la première voix authentique de la poésie féminine des Temps modernes dans notre langue » à distinguer « de ses vers où elle pense à Latouche ceux qu'elle adresse à Prosper Valmore ». La distinction s'avère souvent malaisée à mettre en œuvre, car la plupart des poèmes délibérément brouillent les repères, et se donnent surtout comme adresse à un *Tu*, nourris d'une expérience vécue qu'ils ne racontent pas. Cette élégie, datée d'octobre 1820 dans un manuscrit de Douai, paraît s'adresser à Latouche qui a aidé la poète à mettre en forme et publier son recueil de 1820, et probablement est devenu alors son amant. Mais les motifs de la reconnaissance, du nom et de la voix reviennent dans des textes de différentes périodes, certains plutôt associés à Valmore. Marceline Desbordes a épousé Prosper Lanchantin dit Valmore, acteur comme elle au théâtre de la Monnaie, à Bruxelles, en 1817. Il a insisté pour qu'elle publie sous son nom d'épouse dès son deuxième recueil, pratique rare à l'époque.

Élégie (« *Ma sœur...* », 1822)

Datée de juillet 1820, cette élégie tient d'un monologue de théâtre, la sœur tenant le rôle de confidente. Marceline Desbordes a joué Racine. Elle a deux sœurs aînées, et séjourne chez la plus jeune, Eugénie Drapier, en 1820 après la naissance de son fils Hippolyte. Les quatre derniers vers, décrivant une pathologie de l'amour et l'incapacité de la femme à réagir face à l'abandon font penser à *Phèdre*, mais aussi à l'*Ode à l'aimée* de Sapho, dans sa traduction par Boileau. Les contemporains ont parfois perçu en Desbordes-Valmore une héritière de Sapho, elle n'a jamais revendiqué ce modèle.

Élégie (« Peut-être un jour... », 1822)

Le désir de mourir la première revient dans de nombreux poèmes. La voix de l'être cher est un élément majeur de sa présence dans toute l'œuvre. La voix de Latouche était d'un charme saisissant selon différents témoignages.

L'isolement (1825)

Au printemps 1821, les Valmore quittent Paris pour Lyon où ils sont engagés au Grand Théâtre. Le poème peut évoquer la douleur de la séparation d'avec Latouche, et de son apparent oubli. La sortie du recueil de 1825 où paraît ce poème, alors que les Valmore sont à Bordeaux, va constituer une occasion de renouer par lettres avec lui.

C'est moi (1825)

Romance datée dans un manuscrit de 1823, plusieurs fois mise en musique. La promesse d'une présence à travers les éléments de la nature, auprès de l'aimé par delà la mort, revient dans plusieurs poèmes (dont l'élégie « Peut-être un jour… »). Le motif traverse la poésie du XIXe siècle : l'élégie de Chénier *Néære* (« Alors, mon Clinias, appelle, appelle-moi./ Je viendrai, Clinias, je volerai vers toi./ Mon âme vagabonde à travers le feuillage/ Frémira… ») ; la *Méditation VIIIe* de Lamartine (« Et si le souffle du zéphyre/ M'enivre du parfum des fleurs,/ Dans ses plus suaves odeurs/ C'est ton souffle que je respire. »). Musset se souvient sans doute de Desbordes-Valmore dans *Rappelle-toi* (« Rappelle-toi, quand sous la froide terre/ Mon cœur brisé pour toujours dormira ;/ […]/ Écoute, dans la nuit, Une voix qui gémit :/ Rappelle-toi. »). L'avant dernier vers de *C'est moi,* « Prends-y garde, ô ma vie absente », est noté par Rimbaud en 1872 au dos du manuscrit de *Patience d'un été*, ce qui confirme sa lecture attentive de Desbordes-Valmore, rapportée par Verlaine dans *Les Poètes maudits*.

* *Amour partout*

Publié dans les *Poésies de l'enfance* (1873, où il porte la date de 1827) et dans les *Poésies en patois* (1896). Desbordes-Valmore est restée toute sa vie attachée au patois de son enfance (« quand j'tos n'tiote bringande », écrit-elle en juillet 1849 à son frère) et attentive aux parlers : voir plus haut *Le Réveil créole*.

La vallée de la Scarpe

Un des premiers de ces longs poèmes du pays natal qui scandent les recueils (après *Le Berceau d'Hélène*, en 1820, que nous ne donnons pas). Des fragments ont d'abord paru dans *Le Mémorial de la Scarpe* en 1828. Marceline Desbordes a quitté Douai à l'âge de dix ans. Quand elle écrit ce poème, elle n'y est retournée que pour deux brefs séjours. La vision qu'elle en donne est celle, très idéalisée, d'un paradis perdu. Elle s'adresse ici à son frère aîné de quatre ans, Félix. L'évocation d'un temps où frère et sœur étaient complices dans la quête de la Liberté inspirée par le culte révolutionnaire dit la fidélité à l'enfance et à ce frère, dont le poème vient réparer l'image présente dégradée.

* *Les séparés*

Posthume, publié par Sainte-Beuve dans *Le Temps* le 23 mars 1869. Il le donne pour preuve d'une maturation par la douleur, suggérant qu'il s'agit d'un texte tardif, éloigné des élégies de jeunesse « comme *Les Contemplations* d'une ode du jeune Hugo ». On s'accordera pourtant avec M. Bertrand pour le dater de la première manière de l'auteur, par son caractère de romance. Ce poème a été mis en musique et chanté par Julien Clerc en 1997. Il ne comporte aucun accord de genre, se prêtant à l'appropriation par une voix d'homme comme de femme.

Les Pleurs (1833)

Le livre (in-8° de 392 pages) paraît en mai 1833 chez Charpentier avec une préface d'Alexandre Dumas. Sainte-Beuve en fait un compte-rendu élogieux dans la *Revue des deux Mondes*. Les 67 nouveaux poèmes écrits dans une période de soucis affectifs et financiers sont particulièrement sombres et fiévreux. Suivant un usage romantique, la plupart donnent une ou plusieurs citations en épigraphe.

Révélation

Nous donnons ce poème de 161 vers à partir du v. 44. On considère généralement que l'allocutaire est ici Prosper Valmore. Plusieurs expériences se mêlent dans cette parole adressée, et ce poème mérite particulièrement le reproche qu'adressait à Desbordes-Valmore le critique Vinet, dans le journal protestant *Le Semeur*, de confondre amour humain et amour divin.

Amour

Desbordes-Valmore cite souvent Chénier, dont la première édition par Latouche, en 1819, ouvre au renouveau romantique de la poésie lyrique. En 1833, Latouche publie une nouvelle édition chez Charpentier. L'exergue provient de l'idylle *Le Malade*.

Les mots tristes

Amable Tastu (1795-1885) est une poète romantique, femme d'imprimeur, que Desbordes-Valmore admire et à qui elle dédiera une longue pièce de *Pauvres fleurs*. Les vers proviennent de « La mort » (3ᵉ édition de ses *Poésies*, 1827). Nous donnons le début et la fin de ce poème de 138 vers. Du dernier, Verlaine dit qu'il est peut-être « le plus extraordinaire de notre langue et de toute langue humaine ».

La jalouse

Desbordes-Valmore cite plusieurs fois Nodier, dont elle doit probablement la lecture à Latouche. Une édition de ses *Poésies* a paru chez Delangle en 1829. Les vers cités proviennent de la première élégie, où ils ne se suivent pas. Ce poème a été mis en musique sous une forme légèrement différente par Pauline Duchambge.

Tristesse

La citation en épigraphe n'est pas identifiée. Desbordes-Valmore emploie le quintil d'alexandrins dans plusieurs poèmes. La note sur l'église Notre-Dame vient situer les lieux et rappeler le contexte révolutionnaire, levant toute confusion avec la cathédrale de Paris, qui fait le titre du roman publié par Hugo en 1831. Albertine (Gantier) est une amie d'enfance retrouvée à Bruxelles et morte jeune, évoquée dans plusieurs poèmes comme un témoin de l'enfance heureuse et un double de la poète. Proust, dans l'emploi de ce prénom, a pu se souvenir de celle qu'il appelle « la grande Valmore », dont il devait la lecture à Montesquiou.

Le mal du pays

Autre poème habité par la mémoire d'Albertine. La première épigraphe est dans l'édition originale signée *Madame* de Balzac. Il s'agit d'une erreur, la phrase citée provient du récit de Balzac *Une double famille*. Desbordes-Valmore entretient avec lui des relations amicales, elle lui envoie un exemplaire dédicacé des *Pleurs*, il lui dédicacera *Jésus-Christ en Flandre* (1846). La deuxième épigraphe, qui ne porte pas de signature, vient d'une élégie de Chénier, « Ô Muses, accourez ; solitaires divines ».

La sincère

L'épigraphe vient de la première scène de *Hernani*. Poème mis en musique par Pauline Duchambge.

À Monsieur Alphonse de Lamartine

Desbordes-Valmore cite volontiers l'*Imitation*. La citation de Latouche provient de *Clément XIV et Carlo Bertinazzi. Correspondance inédite*, apocryphe publié en 1827 avec un très grand succès. La poète répond ici à un poème d'hommage qui lui a été adressé en 1831 par Lamartine (reproduit dans *Les Pleurs*), qui écrivait lui-même en réponse à un poème de Desbordes-Valmore paru dans le *Keepsake français* sous le titre « À M. A.D.L. » qu'il avait cru lui être destiné. Elle s'y adressait en fait à un poète lyonnais obscur, Aimé de Loy. Lamartine achève son hommage sur des strophes célèbres où il compare le mystère du chant poétique à celui d'une lyre brisée, puis rajustée : « L'âme chante dans ses tortures,/ Et chacune de ses blessures/ Lui donne un plus sublime accord ! ». La poète lui répond en reprenant les mêmes strophes (21 quintils d'octosyllabes) et l'image initiale du bateau dans la tempête. Mais elle récuse toute recherche de cette *gloire* que Lamartine lui promet pour consolation (« L'avenir du barde est la vie ;/ Et les pleurs que la gloire essuie/ Sont le seul baume à ses douleurs. »).

L'impossible

L'épigraphe provient de *La Chaumière indienne*, de Bernardin de Saint-Pierre, qui a popularisé en France la figure du paria.

L'éphémère

En 1823, Vigny écrit non sans ironie à Émile Deschamps : « J'ai vu Madame Desbordes […] la voilà qui trouve que les enfants ne sont plus assez petits pour sa poésie, elle s'occupe des mouches et de leurs amours. » Dans le choix de l'éphémère convergent l'attention empathique avec le petit, voire l'infime, et la radicalisation du vœu de *mourir la première* sans connaître le deuil, permettant la pleine adhésion à l'instant présent. « L'heureux rien » qui goûte à tous les parfums n'est pas très éloigné du « moucheron enivré à la pissotière de l'auberge, amoureux de la bourrache, et que dissout un rayon ! » (Rimbaud, *Une saison en enfer*).

Pauvres fleurs (1839)

Le recueil de 336 page in-8° paraît en février 1839 chez Dumont et contient 80 nouveaux poèmes.

Un nouveau-né

Publié pour la première fois en 1833 dans la *Revue de Rouen*. Hippolyte, né en janvier 1820, est le premier enfant de Marceline Desbordes et son seul fils qui ait vécu au-delà de la petite enfance. Le poème a pu être composé après son départ comme pensionnaire dans une institution de Grenoble, en 1832 – il n'avait donc rien alors d'un nouveau-né. « Je ne crois pas qu'on ait jamais parlé avec cette *nostalgie des entrailles* », dit Montesquiou, citant en particulier « Car si près que tu sois l'air circule entre nous ». Voir aussi « À mon fils après l'avoir conduit au collège » (*Poésies inédites*).

Avant toi

Le poème s'adresse à Prosper Valmore, de sept ans plus jeune que la poète. Nous le donnons à partir du v. 25.

Dormeuse

Le titre « veut dire ici la *Berceuse* combien mieux ! », écrit Verlaine.

Rêve d'une femme

Poème paru pour la première fois dans *Le Conseiller des femmes*, revue lyonnaise de la féministe saint-simonienne Eugénie Niboyet.

À Monsieur A. L.

« [Ces vers]-là, je n'ai pas pu les chanter comme je le fais de presque tous les autres, en les essayant sur les airs que j'adore et qui me forcent à mon insu à plus de rectitude sans distractions », écrit la poète à Antoine de Latour, leur probable dédicataire, qui a lui consacré un article dans *La Revue de Paris* fin 1836. Le poème a paru pour la première fois en 1836 dans la *Revue du lyonnais*. Il évoque la sanglante répression de la deuxième insurrection des Canuts (9-14 avril 1834). Desbordes-Valmore qui vient d'arriver à Lyon pour son troisième séjour y assiste de sa fenêtre. Elle l'évoque dans des lettres en des termes qu'on retrouve dans ces vers. À Melle Mars, le 6 mai 1834 : « Tout a été horrible ici. Après six jours et demi de tocsin, d'incendie, de massacre inutile, (car les femmes, les vieillards, les enfants étaient égorgés) et six nuits plus épouvantables [...] après avoir vu tout ce qu'on peut voir sans mourir, nous nous somme retrouvés vivants, et comme tristes d'avoir survécu à ce grand fléau, où c'était si tôt fait d'en finir, où le bruit des cloches, des balles et des canons, causait un étourdissement de la vie. J'ai senti trois fois l'irrésistible désir d'un coup de feu dans le cœur pour m'en aller hors de cette boucherie… ». Elle consacre, fait rare dans son œuvre, plusieurs poèmes à l'événement et ses suites, seul poète à dénoncer alors la répression. Un manuscrit porte la date du 9 avril, soit le premier jour des combats.

* *Dans la rue par un jour funèbre de Lyon.*

Ce poème évoque les suites de la répression et les corps sans sépulture dans la rue qu'ont décrits plusieurs témoins. La poète a souhaité le faire paraître aussitôt et l'a envoyé à un ami pour la *Revue de la Gironde*. En vain. Devant les échecs répétés (« Pas un journal de Paris n'a osé les imprimer, dans la peur de déplaire à ceux qui nous font en ce moment tant de bien ! », lettre du 6 mai 1834), elle renonce à le publier. Sainte-Beuve donnera le texte, amputé d'une strophe, dans son article du *Temps* du 20 avril 1869. Il y voit comme « un feuillet déchiré des *Tragiques* » d'Agrippa d'Aubigné. Nous le replaçons à sa date de composition parmi les autres poèmes sur l'insurrection lyonnaise.

Cantique des mères

La poète s'adresse à la reine Marie-Amélie, femme de Louis-Philippe, lui demandant d'intercéder pour que le roi fasse preuve d'indulgence envers les prisonniers qui, entassés dans les prisons, attendent leur procès. Desbordes-Valmore se situe du côté du peuple, en interpellant la reine en tant que femme et mère, façon de rendre acceptable sa protestation.

Sol natal. À monsieur Henry B.

Le poème s'adresse à Samuel-Henry Berthoud, homme de lettres et journaliste originaire du Nord, connu par Desbordes-Valmore à Paris en 1833, qui lui a envoyé un de ses livres. La nostalgie du pays natal est d'autant plus forte dans ce texte daté de 1836 qu'il est écrit à Lyon, ville que la poète n'a jamais aimée et que la répression de 1834 a achevé de lui faire prendre en horreur. La métaphore aquatique de la mémoire suggère à Bonnefoy un rapprochement avec *Mémoire* de Rimbaud. La poète a plusieurs fois décrit le cimetière voisin de sa maison natale, où après la Révolution les enfants allaient jouer parmi les tombes.

Un billet de femme

Ce poème a été écrit en 1838 à Milan, d'où la poète l'envoie à son amie Pauline Duchambge. Ce voyage en Italie, imposé par un engagement théâtral de Valmore (voir *Une halte sur le Simplon*) a ravivé chez elle le souvenir de Latouche qui y avait séjourné.

Au Christ

Paru pour la première fois dans le *Mémorial de la Scarpe* (1836), sous le titre : *Prière au Christ.* La prière est parole adressée, comme la lettre. La foi de Desbordes-Valmore tient d'un christianisme social, assez proche de celui de Lamennais qu'elle admire. Elle dit à plusieurs reprises préférer les églises désertes, et se montre critique vis-à-vis de l'institution et du clergé.

Bouquets et prières (1843)

Le volume de 307 page in-8°, paru chez Dumont en mai 1843, contient 79 pièces, la plupart inédites. « [L]es vers ne sont plus lus à Paris » écrit Desbordes-Valmore à son ami Lepeytre. C'est le dernier recueil de poèmes qu'elle parvient à publier de son vivant. Elle a pensé l'intituler *Les Bruits dans l'herbe* (lettre du 3 juin 1842 à sa fille Ondine), d'après un vers des *Rayons et les ombres* de Hugo : « Je fais du bruit dans l'herbe, et les morts sont contents. » On ignore pourquoi elle y a renoncé.

Une plume de femme

Cette préface qui tient du poème en prose est contemporaine du *Gaspard de la nuit* d'Aloysus Bertrand (1842), considéré depuis Baudelaire comme l'inventeur du genre. Desbordes-Valmore y définit une sorte d'éthique de la poésie au féminin.

Jours d'été

Après un poème dédicace *À celles qui pleurent*, c'est un autre long poème de l'enfance qui ouvre ce recueil. Le souvenir, encore idéalisé, laisse affleurer des éléments plus négatifs : l'espérance trompeuse et déçue, la prise de conscience de la mort, liée à l'acquisition de la lecture et du savoir. La figure de la sœur maternelle (Cécile, la sœur aînée) intervient à côté de celle, ici plus ambivalente, de la mère. Le « frêle enfant » qui manque est Ferdinand Desbordes, né le 23 décembre 1793, mort le 17 janvier 1794. Malcom ignorant le remords (v. 48) est une allusion à *Macbeth*. Desbordes-Valmore admirait Shakespeare.

Départ de Lyon

Parus pour la première fois en 1840, ces vers sont dédiés à Antoinette Dupin (1801-1843), femme de lettres. Pendant son dernier séjour à Lyon, Marceline Desbordes-Valmore a habité dans un immeuble modeste au dernier étage, comptant les cent vingt marches qui y mènent – les logements en étages élevés sont moins chers. Elle se console en cultivant des fleurs à sa fenêtre, évoquées dans plusieurs poèmes. À l'éternelle errance imposée par les engagements de théâtre, s'oppose la chaleur du foyer douaisien. Il est difficile de comprendre « *huit* esprits curieux » (v. 57), car les Desbordes avaient quatre enfants.

Rouen

Desbordes-Valmore a séjourné à Rouen à plusieurs reprises, ses sœurs se sont installées dans la région. Elle y a joué à ses débuts au théâtre des Arts, elle a dû renoncer à y épouser Eugène Debonne après plus de quatre ans de vie commune et la naissance d'un fils en 1810. Elle a vu son mari y « tomber » au théâtre en 1833, victime d'une cabale qui la visait probablement. « Cette ville, toute moyen âge est hérissée pour moi de souvenirs durs comme des pointes de fer », écrit-elle en 1842 à Lepeytre. Le v. 8, manquant dans l'édition Dumont, est un ajout manuscrit sur un exemplaire.

Prison et printemps

Le Spielberg est la citadelle de Moravie où a été détenu Silvio Pellico, arrêté par la police autrichienne pour carbonarisme, de 1822 à 1830. Son livre *Mes prisons*, traduit en français en 1833, a connu un succès considérable. Desbordes-Valmore montre une sympathie pour tous les prisonniers, quelles que soient leurs opinions. L'emploi de vers de longueurs très contrastées annonce Verlaine (« Je ne sais pourquoi/ Mon esprit amer/ D'une aile inquiète et folle vole sur la mer. », *Sur les eaux*).

Une halte sur le Simplon

En juillet 1838, la poète suit à contrecœur son mari à Milan via Lyon et Turin. Il a accepté, faute d'emploi en France, un engagement théâtral qui va se solder par la faillite de l'impresario. Ils reviennent en septembre sans un sou, en passant par le Simplon. La poète a tenu un carnet de ce voyage, et cet épisode a fasciné Aragon qui l'évoque dans *Les Poètes*. L'Italie est pour elle associée à de multiples réminiscences littéraires et artistiques, mais aussi au souvenir de Latouche qui y a vécu. Le poème adressé à son amie Pauline Duchambge, confidente de ses peines amoureuses, mêle sur un mode halluciné (les voix pressantes invitant la poète font penser à celles qui s'adressent à l'enfant dans *Le Roi des Aulnes*) des impressions du passage des Alpes lors du voyage aller vers un Sud fascinant, les déceptions du retour, des images de Paganini, violoniste virtuose acclamé à de nombreuses reprises par le public parisien, et surtout de leur ami le ténor Adolphe Nourrit. Ayant dû quitter l'Opéra après une immense gloire, il s'est donné la mort en mars 1839 en se jetant par la fenêtre de son hôtel, à Naples.

Un arc de triomphe

Voulu par Napoléon, l'Arc de triomphe achevé sous la Monarchie de juillet est discrètement inauguré en 1836 dans une période d'attentats. Il inspire à Hugo une ample méditation sur l'histoire dans *Les Voix intérieures*. Dans sa distance ironique avec les grandeurs militaires, Desbordes-Valmore paraît ici plus proche de Stendhal évoquant dans l'avant-propos d'*Armance* le point de vue des tourterelles sur le jardin des Tuileries. Gautier semble se souvenir de ce poème dans « Ce que disent les hirondelles » (1859). Les oiseaux occupent une place importante dans le bestiaire satirique au cours du XIXe siècle. Ils ont de multiples valeurs chez Desbordes-Valmore, symboles de liberté mais aussi de fidélité, et répondant allégorique de la poète – pour reprendre la formule qu'emploie Starobinski à propos de Baudelaire.

Fileuse

Enfant, Marceline Desbordes a vu sa mère filer le lin et l'évoque volontiers dans cette occupation. Sa fileuse, comme fera celle de Valéry, passe du rouet au songe, mais elle parle en première personne. Le poème relève d'une tradition féminine orale anonyme de chansons de toile, dans l'héritage de laquelle la poète vient s'inscrire.

Poésies inédites (1860)

La fin de la vie de Marceline Desbordes-Valmore, dans la France du Second Empire, est sombre. Elle a publié en 1849 un recueil pour enfants, *Les Anges de la famille* (vers et proses), dont la deuxième édition, sans les vers, est couronnée en 1854 par l'Académie française, mais elle ne parvient plus à publier ses poèmes. Atteinte d'un cancer, alitée à partir d'août 1857, elle sait avant sa mort (le 23 juillet 1859) que son livre va paraître grâce à Gustave Revilliod, un riche admirateur suisse. Aidée par son fils et son mari, elle dicte l'organisation et les corrections. Le volume in-8° de 281 pages qui paraît l'année suivante contient 217 poèmes, pour la plupart inédits, répartis en cinq sections (*Amour, Famille, Foi, Enfants et jeunes filles, Poésies diverses*) dont nous ne reproduisons pas les titres. C'est le texte de cette édition que nous donnons. Ce recueil est salué comme son plus grand livre par la plupart des critiques.

Une lettre de femme

Ce poème (qui appartient ainsi que les suivants à la section *Amour*) reprend la convention de la lettre utilisée depuis les premières romances, mais la douleur de l'absence ne s'y accompagne plus désormais d'aucune demande. Il s'ouvre sur la conscience d'un interdit, celui de l'écriture, transgressé par la femme qui parle par des moyens détournés.

Allez en paix

On ignore à quoi correspond la date du 6 juin 1857. Desbordes-Valmore, déjà malade, sort alors à peine de chez elle. Le 11 mai, elle écrit à son amie Pauline Duchambge, comme elle âgée, triste et souffrante : « Restons nous-mêmes, à travers tout. [...] Le plus beau vers de M. de Lamartine, le sais-tu ? *Rien ne reste de nous, sinon d'avoir aimé !* ».

Les cloches et les larmes

Plusieurs poèmes évoquent le son des cloches. On a rapproché celui-ci du *Pont Mirabeau* : « Vienne la nuit sonne l'heure/ Les jours s'en vont je demeure ».

Les roses de Saadi

Poème célèbre, inspiré d'un passage du *Gulistan* que Desbordes-Valmore cite dans une lettre à Sainte-Beuve du 22 février 1848 : « Voici ce que je pourrais vous dire, véritable Saadi de nos climats. J'avais dessein de vous rapporter des roses mais j'ai été tellement enivrée de leur odeur délicieuse qu'elles ont toutes échappé de mon sein. » Dans cet apologue, la robe, comme l'a souligné Bonnefoy, est celle d'un sage persan, non d'une femme. Le poème ne se réduit pas à l'expression d'une sensualité amoureuse et peut être lu comme une fable mystique.

L'eau douce

Le poète persan, nommé dans un manuscrit, est encore Saadi. Les rimes mer/amer, mère/amère sont récurrentes.

La voix d'un ami

Derrière cet « ami poète » (Sainte-Beuve) on a vu Sainte-Beuve lui-même, ou Latouche, mort en 1851.

Dernière entrevue

Le poème évoque cette fois « la cérémonie de rendre les lettres [...] à l'extinction des feux des fêtes de l'amour » (Lacan).

L'esclave et l'oiseau

L'esclave, chez Desbordes-Valmore, désigne parfois de façon imagée la condition des femmes ou l'asservissement amoureux, mais souvent, de façon littérale, la privation de liberté. Elle est restée marquée par son voyage à la Guadeloupe, en 1802, au moment du soulèvement contre le rétablissement de l'esclavage.

Au livre de Leopardi

Desbordes-Valmore a pu avoir connaissance des *Canti* (1835) par l'intermédiaire d'un poème de Musset (« Après une lecture », 1842), ou par un article de Sainte-Beuve.

Cigale

Chanteuse insouciante vivant toute au présent, la cigale, autre répondant allégorique de la poète, apparaît dans plusieurs textes dont le *Rêve intermittent d'une nuit triste*.

Le nid solitaire

Ici commence la section *Famille*. Poème publié pour la première fois en 1851. Une version est envoyée en avril 1849 dans une lettre à Gergerès qui parle de la révolution de 1848 : « les flots d'une révolution ont passé et passent encore sous nos pieds et sur nos têtes [...] nous regardons de plus en plus pâles, cette génération effarée qui prépare en mourant le berceau des peuples à naître. »

La fileuse et l'enfant

Un des deux poèmes en vers de onze syllabes. Chez Desbordes-Valmore, régulièrement césurés 5/6, ces vers n'entraînent pas le fort sentiment d'insécurité métrique qu'ils peuvent donner chez Verlaine ou Rimbaud. Peut-être viennent-ils de la chanson (ce poème se veut mémoire de chansons entendues dans l'enfance), où se rencontrent des suites de vers de 5 et 6 syllabes.

Le puits de Notre-Dame à Douai

L'occasion du poème est un voyage d'Ondine, la fille aîné des Valmore, en 1840 à Douai où elle séjourne chez une amie de sa mère. Celle-ci effectue donc une sorte de retour au pays natal par enfant interposée. Le poème met l'accent sur la solidarité d'une communauté d'appartenance (*J'en étais*), à laquelle s'oppose pour le sujet un sentiment présent d'exil et de bannissement.

À mon fils après l'avoir conduit au collège

Mère, Desbordes-Valmore reproduit l'attitude de sa propre mère qui « se défendait de [la] faire savante » (*La Maison de ma mère*), et il lui répugne de voir ses enfants s'éloigner d'elle. Sur l'insistance du père de Valmore, elle conduit pour la première fois Hippolyte en un long voyage de Lyon au collège de Sorèze, près de Castres, à la fin de 1827. Il n'y reste qu'un an, et passera plus tard cinq ans dans une institution grenobloise (voir plus haut *Un nouveau-né*).

Rêve intermittent d'une nuit triste

Deuxième poème en hendécasyllabes, dont les douze premiers vers ont paru en 1854 dans la *Revue du Nord.* Nous intégrons huit vers absents de l'édition de 1860, ajoutés dans l'édition Lemerre de 1886. Une note due à Hippolyte Valmore rapporte dans cette édition les circonstances de composition : « Une nuit [...] vers la fin de l'année 1846, après avoir veillé quatorze nuits sa fille Inès qui se mourait, la nature succomba. Jetée toute vêtue sur un lit improvisé, elle attendait le sommeil qui vint, mais sans chasser la fièvre. Un songe enleva bientôt son esprit bien loin de la réalité cruelle. Ondine, sa fille aînée, Ondine rieuse et dansante, [...] apparaît tout à coup au milieu d'un frais paysage de Flandre. [...] Des vers d'une mesure insolite se forment comme d'eux-mêmes en cet esprit qui veille dans le corps endormi, et reproduisent, en la précisant, la création du rêve. La volonté n'est certes là pour rien. » Yves Bonnefoy y voit « un des plus beaux poèmes de notre langue ». Verlaine reprend en hommage la rime *jeunes filles/ charmilles* dans *Ariette IV*, en vers de onze syllabes césurés 5/6.

Ondine à l'école

Ondine a fréquenté à 18 ans, en 1839-1840, l'école de dessin de Mme Haudebourg-Lescot. Douée, cultivée, plus intellectuelle que sa mère, elle dessine, écrit des vers, se destine à l'enseignement, entretient une tendre amitié avec Sainte-Beuve, puis épouse un avocat. On ignore la date de composition de ce poème, qui a pu être écrit avant ou après sa mort, en 1853, un an après la naissance de son fils.

Retour dans une église

Ce poème appartient, ainsi que les suivants, à la section *Foi*. Évoquant une église comme lieu de rendez-vous, la poète confesse la confusion des deux amours qu'on lui a parfois reproché dans ses premiers recueils. Dans la dernière strophe, Bonnefoy invite à voir, au-delà de la solitude douloureuse, l'unité trouvée de la voix poétique.

Les sanglots

En 1853, Desbordes-Valmore écrit à Camille Derains : « Vous pouvez […] mieux que personne apprécier la préoccupation fiévreuse qui m'obsède d'arriver à payer au passé ce que je lui dois encore. C'est affreux de n'obtenir aucun résultat honorable à son travail. Dante a oublié cela encor dans son enfer », avant de citer le premier vers de ce poème.

Les prisons et les prières

Écrit après la révolution de 1848, dont la poète a partagé avec enthousiasme les espoirs. « L'orage était trop sublime pour avoir peur ; nous ne pensions plus à nous. Non, tu n'as rien vu de plus beau, de plus simple et de plus grand. Mais je suis trop écrasée d'admiration et de larmes pour te rien décrire. » écrit-elle à son frère le 1er mars 1848. Comme face à la répression des Canuts en 1834, l'appel au pardon n'exclut pas la dénonciation politique.

La couronne effeuillée

Paru en revue en 1850 sous le titre *Ferveur*, puis en 1856 sous le titre *Refuge*.

Ouvrez aux enfants

Appartient à la section *Enfants et jeunes filles*, comme les deux poèmes suivants. Dans *Ariette IV*, Verlaine superpose un souvenir de ce poème à celui du *Rêve intermittent d'une nuit triste* : « Il faut, voyez-vous, nous pardonner les choses/ De cette façon nous serons bien heureuses/ […] Soyons deux enfants, soyons deux jeunes filles/ […] Qui s'en vont pâlir sous les chastes charmilles/ Sans même savoir qu'elles sont pardonnées. »

La petite pleureuse

Publié en 1849 dans *Les Anges de la famille*. Le schéma strophique des six premiers vers (répété dans la version de 1849) est celui de *L'Invitation au voyage* de Baudelaire.

Le soleil lointain

Publié pour la première fois en 1846. La poète fait la connaissance par l'intermédiaire de Sainte-Beuve de Marie d'Agoult en 1839, à son retour à Paris séparée de Liszt. Ce poème et les deux suivants figurent dans la section *Poésies diverses*.

L'amie

Albertine Gantier, l'amie d'enfance, est morte en 1819. En 1844, après avoir reçu son portrait, la poète écrit à son mari : « Ce portrait n'est pas ressemblant, mais c'est toute une époque pour moi retracée [...]. On n'oublie pas. On reste jeune en dedans. [...] Va, l'âme est impérissable et tout ce qui est gravé dessus l'accompagne à l'éternité. »

Le banni

Desbordes-Valmore peut penser aux proscrits du Second Empire, mais le banni et l'exilé hantent toute son œuvre comme des doubles.

Pièce isolée

Victor Hugo

Publié pour la première fois en 1948 dans la revue *Europe* par Aragon qui en possédait le manuscrit. Hugo en exil à Guernesey est la grande figure de l'opposition au Second Empire. La sympathie de Desbordes-Valmore va tout ensemble au poète, au banni, au père en deuil, à son engagement politique et social. Les lecteurs du temps la rapprochent aussi de Hugo pour ses poèmes aux enfants. Dans une lettre à Hetzel de fin janvier 1856, Hugo mentionne ce texte qui ne lui parvient qu'en mars 1857. Il en remercie l'auteur : « Vous écrire, c'est écrire à une âme. [...] Auguste Vacquerie m'a apporté ces vers admirables et pénétrants [...] ils ont fait pleurer ici tout le monde, excepté moi, qui me suis senti [...] réchauffé, fortifié, amélioré et comme couronné d'un rayonnement » (15 mars 1857). Le v. 2 cite un poème des *Chants du crépuscule* : « Napoléon II ». « Il n'est bien nulle part » fait allusion à l'expulsion de Jersey en 1855. Le dernier vers formule l'espoir d'un retour du proscrit. On sait qu'après le décret d'amnistie de 1859, Hugo refuse avec hauteur de rentrer dans la France impériale. Baudelaire lui écrit alors son admiration et lui dédie *Le Cygne*.

Bibliographie

ŒUVRES POÉTIQUES

Œuvres poétiques, édition complète établie et annotée par Marc BERTRAND, Presses universitaires de Grenoble, 1973, 2 vol., 838 p.

Œuvre poétique, textes publiés et inédits rassemblés et révisés par M. BERTRAND, éditions CEi – Jacques André éditeur, Lyon, 2007.

ŒUVRES EN PROSE

Contes, présentés par M. BERTRAND, Presses universitaires de Lyon, 1989.

Les Petits Flamands, présentés et commentés par M. BERTRAND, Droz, 1991.

Domenica, éd. par M. Bertrand, Droz, 1992.

L'Atelier d'un peintre, texte établi par Georges DOTTIN, postface M. BERTRAND, Miroirs Éditions Nord/Pas de Calais, 1992.

Huit femmes, nouvelles présentées par M. BERTRAND, Droz, 1999.

Les Veillées des Antilles, présentation d'Aimée BOUTIN, L'Harmattan, 2006.

ANTHOLOGIES ET INTRODUCTIONS

Jeanine MOULIN, *Marceline Desbordes-Valmore*, Seghers, « Poètes d'aujourd'hui », 1955.

Poésies, préface d'Alain BOSQUET, Le livre club du libraire, Paris, 1961.

Poésies de Marceline Desbordes-Valmore, choisies et présentées par Yves BONNEFOY, *Poésie/*Gallimard, 1983.

Marceline Desbordes-Valmore, textes choisis et présentés par Marc BERTRAND, HB éditions, 2001.

À CONSULTER

Francis AMBRIÈRE, *Le Siècle des Valmore*, éditions du Seuil, 1987, 2 vol., 574 et 472 p.

Marc BERTRAND, *Une femmes à l'écoute de son temps : Marceline Desbordes-Valmore*, Rhône-Saône éditions, Lyon, 1997.

Éliane JASENAS, *Marceline Desbordes-Valmore devant la critique*, Droz-Minard, 1962, 212 p.

Christine PLANTÉ, *Femmes poètes du XIXe siècle. Une anthologie,* Presses universitaires de Lyon, 2010 (1998).

CHOIX DE TEXTES CRITIQUES

Victor HUGO, « Poésies de Madame Desbordes-Valmore », (*Le Conservateur littéraire*, février 1821), *Œuvres complètes,* Club Français du Livre, t. I., 1967.

Charles-Augustin SAINTE-BEUVE, « Madame Desbordes-Valmore », (*Revue des Deux Mondes*, 1er août 1833 et 1er janvier 1839), *Portraits contemporains,* t. I.

– *Poésies de Madame Desbordes-Valmore* (1842), Les Introuvables, 1983, avant-propos de P. LARTIGUE.

– « Madame Desbordes-Valmore », *Le Moniteur* (13 août 1860), *Causeries du Lundi*, t. XIV.

– *Madame Desbordes-Valmore : sa vie et sa correspondance*, M. Lévy frères, 1870 (*Nouveaux Lundis*, t. XII).

Jules BARBEY D'AUREVILLY, « Mme Desbordes-Valmore » (1860), *Les Œuvres et les hommes. Première série. Les Poètes*, Les Belles Lettres, 2004.

Charles BAUDELAIRE, « Marceline Desbordes-Valmore » (1861), *L'Art romantique*, GF/Flammarion.

Paul VERLAINE, « Marceline Desbordes-Valmore », (1885) dans *Les Poètes Maudits*, *Pléiade,* t. II, *Œuvres en prose*.

Robert de MONTESQUIOU, *Les Autels privilégiés. Félicité : étude sur la poésie de Marceline Desbordes-Valmore, suivie d'un choix de poèmes et de lettres,* Lemerre, 1894.

Stefan ZWEIG, *Marceline Desbordes-Valmore*, Éd. de la « Nouvelle Revue critique », 1945.
Louis ARAGON, *Chroniques du bel canto*, Skira, 1947.
– « *L'Atelier d'un peintre* » (*Les Lettres françaises* n° 284-292), *La Lumière de Stendhal*, Denoël, 1954.
Claude ROY, (*Europe*, septembre 1952), « Marceline Desbordes-Valmore », *Les Soleils du romantisme*, « Idées » Gallimard, 1974.
Germaine BRÉE, « Marceline Debordes-Valmore épistolière : l'errance dans le labyrinthe », *Du romantisme au surnaturalisme. Hommage à Claude Pichois*, À la Baconnière, Neuchâtel, 1985.

Table

RÉALISATION : IGS-CP À L'ISLE-D'ESPAGNAC
IMPRESSION : NORMANDIE ROTO IMPRESSION S.A.S. À LONRAI
DÉPÔT LÉGAL : FÉVRIER 2010. N° 101205-3 (1605013)
IMPRIMÉ EN FRANCE